海苔と卵と朝めし

向田邦子

食いしん坊エッセイ傑作選

河出書房新社

目次

思い出の食卓

ウチの手料理

お気に入り

性分

日々の味

旅の愉しみ

小説寺内貫太郎一家より

装幀――クラフト・エヴィング商會［吉田浩美・吉田篤弘］

食いしん坊エッセイ傑作選

海苔と卵と朝めし

思い出の食卓

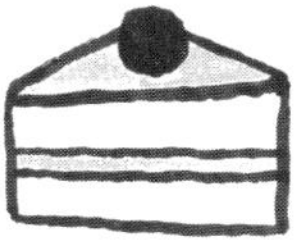

薩摩揚

初めての土地に行くと、必ず市場を覗《のぞ》く。どこかで見たような名所旧跡よりも、ゴミゴミした横丁を、あっちの魚屋こっちの八百屋と首を突っ込み、お国訛りのやりとりを聞きながら、やはり金沢の魚は顔つきが違うなあと感心するほうが、遥かに面白いからである。

そんな一角にかまぼこ屋を見かけると、私は途端に落着かなくなる。それも、店先に油鍋を据えて薩摩揚を揚げていたら、その薩摩揚が平べったいのではなく、人参やごぼうの入っていない棒状のだったりしたらもう我慢が出来ない。

「多分駄目だろうな」

半分は諦めながらも、

「いや、もしかしたら……」

迷った挙句、結局は三、四本買ってその場で立ち喰いということになる。そして、いつも裏切られる。揚げ立ての薩摩揚は、その土地なりにそれぞれおいしいのだが、私にとっての薩摩揚は違うのだ。三十六年前に鹿児島で食べたあの薩摩揚でなくてはならないのだから、始めから無理な注文に決っている。

父の転勤にともない、東京から鹿児島へ行ったのは小学校三年の時だった。新幹線も関門トンネルもない時代で、東京駅から丸一日の汽車の旅である。祖母などは、誰におどかされたのか、

「鹿児島のお巡りさんは、夏場は丸裸で、褌《ふんどし》の上に剣を吊っているそうだよ」

父に聞えぬように小声で囁《ささや》いて、わが息子の栄転を恨んでいた。ところが、聞くと見るとは大違いで、当り前のはなしだが巡査はちゃんと制服を着ているし、食べものはおいしい、陽気はいいで、すっかり鹿児島が気に入ってしまったようだ。

今でこそデパートで地方物産展が開かれ、居ながらにして日本全国の名物が味わえるが、戦前は、その土地の食べものは、その土地へ行かなくては口に入らなかった。マスコミも発達していなかったから、どこの何がおいしいのか知識もなかった。

そのせいか、一抱えもある桜島大根や、一口で頰張《ほおば》れる島みかんに驚いたり、キビナゴという縦縞の入った美しい小魚や壺漬《つぼづけ》のおいしさに感動した。そして、どういうわけか我が家

は薩摩揚に夢中になった。

土地の人達は薩摩揚とはいわず、「つけ揚げ」という。シッチャゲと少々行儀の悪い呼び方をする人もいた。たしか一個一銭だったと思う。物の安かった当時としても、これは安直なおかずであったらしく、母は毎日つけ揚げを買いに行くのはきまりが悪い、とこぼしていた。十部屋もある大きな社宅に住む分限者《ぶげんしゃ》が毎日つけ揚げでは、いかにもケチに見えたのだろう。分限者とは、土地の言葉で金持のことである。金持どころか我が家は全く無資産だったが、高い石垣や大きな門構えから、私は学校でも「分限者の子」と呼ばれていた。

分限者の子は、通っていた山下小学校の帰りに、よく薩摩揚屋へ寄り道をした。練り上げた魚のすり身を、二挺《にちょう》の庖丁《ほうちょう》を使って太目の刺身のサク程の大きさに作る。それを刺身庖丁で切りとるようにしながら棒状にまとめて、たぎった油鍋へ落しこむ。シューと金色の泡を立てていったん沈み、みごとな揚げ色がついて浮いてくる。あれは胡麻油だったのだろうか、香ばしい匂いと手ぎわのよさに酔いながら見あきることがなかったが、見物はいつも私一人だった。

大人の本を読むことを覚えたのも、この頃だった。納戸《なんど》に忍び込んで父の蔵書の一冊を抜き取り、隣りの勉強部屋で読みふける。見つかれば取り上げられるに決っているから、万一に備えて「グリム童話集」や「良寛さま」など親に買ってもらった本を上に置き、抽斗《ひきだし》を半分開けて用心しいしいの読書だった。

夏目漱石全集、明治大正文学全集、世界文学全集——一冊を何日かけて読んだのか、いや、子供心にどれほどのことが判ったのか、今にして思えば、何故《なぜ》あと三年五年待って、もう少し分別がついてから読まなかったのか全く悔やまれるのだが、とにかく、鹿児島にいた足かけ三年の間に、このへんのところは全部「読んだ」ようだ。

当時はテレビなどほかに娯楽もなく、ままごとや人形遊びに物足らなくなった子供は、ボオッとしているか本を読むか、どちらかだったのではないだろうか。

学校から帰ると、ランドセルをおっぽり出して、抽斗をあけるのが楽しみだったが、あれは夏のことだったか、開けたとたんに中から守宮《やもり》が首を出し、大騒ぎになったことがある。結局、人を頼んで守宮退治という騒動になり、私はかくした本が見つかりはしないかと肝をつぶしたが、格別叱られた記憶もないところをみると、両親は知っていたのかも知れない。

直木三十五の「南国太平記」は、面白くて面白くて、夜眠るのが勿体《もったい》なくて仕方なかった。漱石の中では「倫敦塔《ロンドンとう》」を何度も繰り返して読んだし、バルビュスの「地獄」の中の、壁の穴から隣室のベッドシーンを盗み見る場面に衝撃を受けた記憶も残っている。「阿部定」のことを知ったのも、この頃だった。

級友に、フトン屋の子がいた。その家へ遊びにいった折に、小僧さん達が新聞をひろげながら、私達に聞かせるように声高に事件を話していた。綿入れにでも使うのだろう、だだっ広い二階の板の間で商売もののフトンに寄りかかりながら聞いたような気がする。フトン屋の子は、色白の大柄な口の重い女の子だったが、困ったように笑って私を見ていた。その日、桜島がいつもより烈《はげ》しく煙を吹き上げ、市内に灰が降ったように覚えているけれど、子供の記憶だから当てにならない。

考えてみれば「阿部定」事件は昭和十一年である。私が鹿児島にいたのは昭和十四年から三年間だから、この記憶は事件当時ではなく、判決か仮出獄の記事だったのだろうか。いずれにしても、うちへ帰ってこの話題を口にしてはならないらしい、と見当がついたところをみると、おぼろげながら「事件」のあらましは判っていたのかも知れない。ともあれ、このあたりの記憶には何故か薩摩揚の匂いが漂っている。

匂いといえば、父が芸者衆に送られて帰ってきたことがあった。たしか松の内だったが、黒いトンビを着た父にまつわりつくようにして、三、四人の芸者が座敷に上った。びんつけ油と白粉《おしろい》の匂いだろう、祖母や母にない匂いが玄関から廊下に漂った。母は簞笥《たんす》のカンの音を立てて手早く羽織を取り替え、にこやかに迎えていたが、茶の間に引っ込むと、

「子供は早く寝なさい」

と私達を叱りつけた。祖母は黙って火鉢の灰をならし、母は酒の燗《かん》をつけていた。客間から酔った父が出てきて、母の背にかぶさるようにして冗談口を叩き、お銚子を手にして、

「アチアチ……」

と珍しくふざけながら戻っていった。

嫉妬という言葉も知らなかったし、夫婦の機微も判る筈《はず》はなかったが、それでもこの頃から今迄《いままで》知らなかった大人の世界が、うすぼんやりと見え始めたようだ。

やはり同級生で、神主の子がいた。鳥集《とりだまり》神社という小ぢんまりしたお社《やしろ》が彼女の家であった。女のきょうだいの一番下で、子供のくせにお婆さんのような口の利《き》き方をした。私たちはお賽銭箱《さいせんばこ》の横に腰を下し、足をブラブラさせながら話をした。彼女は、

「お姉さんたちのすぐあとご不浄に入るとねえ……」

と声をひそめて、女は大人になると時々面倒なことになるらしい……と教えてくれた。私は、横目で賽銭箱の中をのぞきながら、こんなに少ししか入ってなくて、暮して行けるのかしら、と心配しながら聞いていた。鼻先で、鈴の緒が揺れていた。人の手の脂でうす黒く汚れた赤い緒を見ながら、ああ嫌だな、と思った。それでも、読んだ筈の世界文学全集のさまざまな場面とは決して重なり合わず、それはそれ、これはこれと、まだ他人ごとに思ってい

たのだから、本当のところは判っていなかったのかも知れない。

男の子の裸を見た、といって父に殴られたのもこの時分のことである。裏山で男の子の角力《すもう》大会があった。私は弟と見物にゆき、ふざけながら帰ったとたん、父に烈しく頰を打たれた。

「お父さん、邦子を幾つだと思っているんですか、まだ子供でしょ」

体当りで私をかばった母にも父は鉄拳を振ってどなりつけた。

「子供でも女の子は女の子だ！」

年の割にませていた長女の私を、父はよくお供に連れて歩いた。縁日に連れていってやる、というので浴衣に着がえ、祖母に三尺帯を結んでもらっているところへ父が入ってきた。

「お父さんは今晩何を買うか当ててごらん」

という。当時父は「さつき」の鉢植えに凝《こ》っていたから、

「さつきでしょ」と答えると、途端にムッとした口調で、

「俺はカンの鋭い子供は大嫌いだ」

吐き捨てるようにいうと、サッサと一人で出掛けてしまった。それまで見たことのない顔をしていた。私が十歳とすると父は三十三歳である。自分と性格の似ている私を可愛がりながらも、時にはうとましく思った父の気持が、此《こ》の頃やっと判るようになった。

城山の麓《ふもと》に照国神社がある。そのすぐ前に靴屋があった。昔風の店だったが、そこのウィンドーに、緑色のハイヒールが飾ってあった。外国製だろう華奢《きゃしゃ》な作りで、足首にも緑色の細い紐がついていた。うちの一族は野暮天揃《やぼてんぞろ》いで、当時ハイヒールをはくようなモダンな女は一人もいなかったから、私にはまるでそこだけ後光がさしているように思えた。

うちへ帰ってから、縁側でハイヒールをはいたつもりで爪立って歩いてみた。大きくつんのめって、もう少しでガラス戸に首を突っ込むところだった。目の前に桜島が煙を吐いていた。

社宅は上之平《かみのひら》といって、城山の並びの山の裾にあり、鹿児島市を一望のもとに見下せる高台であった。縁側に立つとすぐ前に桜島があった。

「空谷《くうこく》」という言葉を覚えたのも桜島のおかげである。いい言葉だからずっと気に入っていたのだが、この文章を書くに当って念のため辞書を引いて驚いてしまった。「空谷」というのは、遠くから山を見た時の谷間の陰翳《いんえい》のことだと思っていたら、人のいないさびしい谷のことだという。随分長い間思い違いをしていたことになる。

この言葉を教えてくれたのは、上門《かみかど》先生、内野先生、田島先生、どなただろうか。いずれも山下小学校の男の先生だが、この中で田島先生の思い出が鮮かである。大男で力自慢の田島先生は、受持ではなかったが、体操の時間に、「城山まで駆足！」などという時には、学年全体の指揮をとって、大声で号令をかけた。城山からの帰り道に、先生は電柱につながれていた馬の口をこじあけて、

「動物の年齢は歯を見れば判る」

と生徒に示した。嫌がって暴れる馬を、先生も必死の形相《ぎょうそう》で押えこみながらの理科の授業だった。私はこの田島先生に、クラス全員の前で殴られたことがある。理由は忘れてしまったが、些細《ささい》なことで、当時の私にはどう考えても殴られる理由は判らなかった。ただ東京から転校した私は、多少成績もよく、人もチヤホヤした。その頃からぼつぼつ烈しくなり始めた日支事変の英霊が帰った時など、学校を代表して、女だてらに公会堂で弔辞《ちょうじ》を読む、というようなこともあり、田島先生は苦々しく思っておられたのではないかと思う。確かに私はうぬぼれの強い生意気な小学生だった。生れて初めて父以外の人間に殴られた屈辱は残ったが、それでも田島先生のことは大好きだった。今でも、あの体当りの凄《すさ》まじい路上の実地教育と、増上慢《ぞうじょうまん》の鼻をへし折られた頬の痛さは、重ね合せてなつかしく思い出すことがある。田島先生が沖縄で戦死されたことを知ったのは、つい五年ほど前であった。

クラスにIという女の子がいた。

背も一番小さく、少し左足を引いていたので、体操の時間にはいつも一人だけ遅れて駆け

出していた。

遠足の朝、級長をしていた私は、見送りに来たこの子の母親から大きな風呂敷包みを持たされた。ずっしりと重い包みの中は茹《ゆ》で卵で、「みんなで食べて下さい」という意味のことを聞き取りにくい鹿児島弁でいって子供の私に頭を下げた。私は今でも、茶色の粗末な風呂敷と、ほかほかと温かい茹で卵の重味を辛《つら》い気持で思い出す。


平凡なお嫁さんになるつもりだった人生コースが、どこでどう間違ったのか、私はいまだに独り身で、テレビのホームドラマを書いて暮している。格別の才もなく、どこで学んだわけでもない私が、曲りなりにも「人の気持のあれこれ」を綴《つづ》って身すぎ世すぎをしている原点——というと大袈裟《おおげさ》だが——もとのところをたどって見ると、鹿児島で過した三年間に行き当る。

春霞《はるがすみ》に包まれてぼんやりと眠っていた女の子が、目を覚まし始めた時期なのだろう。お八つの大小や、人形の手がもげたことよりも、学校の成績よりももっと大事なことがあるんだな、ということが判りかけたのだ。今までひと色だった世界に、男と女という色がつき始めたといおうか。うれしい、かなしい、の本当の意味が、うすぼんやりと見え始めたのだろう。

この十歳から十三歳の、さまざまな思い出に、薩摩揚の匂いが、あの味がダブってくるのである。

かの有名な「失われた時を求めて」の主人公は、マドレーヌを紅茶に浸《ひた》した途端、過ぎ去った過去が生き生きとよみがえった。私のマドレーヌは薩摩揚である。何とも下世話《げせわ》でお恥ずかしいが、事実なのだから、飾ったところで仕方がない。

ところで、鹿児島へは行ってみたい気持半分、行くのが惜しい気持半分で、あれ以来、まだ一度も行かずにいる。

お八つの時間

「お前はボールとウエハスで大きくなったんだよ」

祖母と母はよくこういっていたが、確かに私の一番古いお八つの記憶はボールである。あれは宇都宮の軍道《ぐんどう》のそばの家であった。五歳ぐらいの私は、臙脂《えんじ》色の銘仙《めいせん》の着物で、むき出しの小さなこたつやぐらを押している。その上に黒っぽい刳《く》り抜きの菓子皿があり、中にひとならべの黄色いボールが入っている。私はそれを一粒ずつ食べながら、二階の小さな窓から、向いの女学校の校庭を眺めていた。白い運動服の女学生がお遊戯をしているのが見えた。

初めての子供でおまけに弱虫だったから、小学校に入るまではたしかにボールとウエハス——待てよ、無学揃《ぞろ》いの我が家である。本当に球（ボール）と上蓮根（ウエハス）でいいのかしら。念のため明解国語辞典を引いてみたら、案《あん》の定《じょう》違っていた。

ボオロ〔ポ bolo〕小麦粉に鶏卵を入れて軽く焼いた球型の菓子。

ウエファアス〔Wafers〕西洋ふうの甘い軽焼せんべい。

四十数年間、ボールと思い込んでいたものがポルトガル語のボオロであったこと、ウエファアスの綴《つづ》りはこうであったことが、やっと判ったわけである。のっけからこの有様だから何とも心もとないのだが、子供の頃に食べたお八つを思い出すままに挙げてみると次の通りである。

ビスケット。動物ビスケット。英字ビスケット。クリーム・サンド。カステラ。鈴カステラ。ミルク・キャラメル。クリーム・キャラメル。新高《にいたか》キャラメル。グリコ。ドロップ。茶玉。梅干飴《あめ》。きなこ飴。かつぶし飴。黒飴。さらし飴。変り玉（チャイナ・マーブル）。ゼリビンズ。金米糖《こんぺいとう》。塩せんべい。砂糖せんべい。おこし。チソパン。木ノ葉パン。芋せんべい。氷砂糖。落雁《らくがん》。切り餡《あん》。味噌パン。玉子パン。棒チョコ。板チョコ。かりんとう――

きりがないからこのへんでやめておくが、昭和十年頃の中流家庭の子供のお八つは大体こんなところだった。

当時、父は保険会社の次長で月給九十五円。アンパン一個二銭だったそうな。今と違って子供はお金を持たされず、買い食い厳禁であった。学校から帰るとまず手を洗い、柱時計の前に坐って、三時を打つのを待つのである。戸棚には私は赤、弟は緑色と色分けされた菓子皿がならび、二、三種のお八つが入っていた。時計の針の進むのがいやにゆっくり感じられて、一度だけだが、踏台を弟に押えさせ柱時計の針を進ませたところ、どういう加減かビリビリッときて墜落し、少しの間フラフラしていたことがある。

うちの父は、正統派といえば聞えがいいが、妙に杓子定規《しゃくしじょうぎ》なところがあって、新聞は朝日、たばこは敷島、キャラメルは森永がひいきであった。

だが私は、森永キャラメルのキューピッドのついたデザインは好きだったが、明治のクリームキャラメルの匂いと、グリコのおまけに心をひかれた。ところが、父はグリコに対して妙に敵意を持っていたようで、

「飴なら飴、玩具なら玩具を買え。飴も食べたい、玩具も欲しいというのはさもしい了見《りょうけん》だ」

と機嫌が悪かった。四角四面の父は、グリコの押しつぶしたような自由な形も気に入らなかったのかも知れない。

この頃、一番豪華なお八つはシュークリームと、到来物のチョコレート詰合せであった。特に大小さまざまな動物のチョコレートを詰合せた箱を貰《もら》うと、子供たちは緊張のあまり上ずってしまう程だった。長男の弟が一番、長女の私が二番目に好きなものを取るのだが、

欲張って一番大きな象に手を出すと、中がガラン洞だったりする。小さい犬や兎のほうが、中まで無垢《むく》のチョコレートでガッカリしてしまうのだが、こういう場合、父はどんなに弟が泣いても取り替えることを許さなかった。

さしてゆとりのない暮しの中から、母は母なりの工夫で四人の子供たちのお八つを整えたのだろうが、私は一銭玉を握って駄菓子屋へ飛び込む買い食いが羨《うらやま》しかった。

ニッキ水やミカン水、お好み焼を食べてみたかった。どういう手段でお金を手に入れたか覚えがないのだが、親にかくれて当て物（いわゆるメクリ）をしたところ大当りで、赤いキンカ糖の大きな鯛をもらったことがある。うちへ帰れば叱られて取り上げられるのは判っていたから、学校の机の中にかくしたところ、体操の授業が終って教室へもどってみると、まっ黒に蟻がたかっていた。

バナナや氷水は疫痢《えきり》になるから駄目。たまに銀座へ出ても、食べさせてもらえるのはプリンとアイスクリームだけであった。綿飴《わたあめ》とアイスキャンデーも絶対にいけませんのクチであった。どこの誰が使ったか判らない割り箸《わばし》をろくに洗いもしないで使ってあるから不潔である、というのが理由である。私はこの十五年ばかりあと、親戚のうちに下宿した時に、初めてお祭りで綿飴を買った。買ったものの、その場で立ち食いが出来なくて、新聞紙にくるんでもらい、下宿めがけて駆け出したのだが、途中で知人に逢ってしまい炎天下で立ち話ということになった。やっと切りあげてまた駆け出してもどったが、あけてみたところ、ベタベタにぬれた新聞紙の中に、うす赤く染まった割り箸が一本転がっているだけであった。

昔の子供は聞き分けが悪かったのかそれとも親が厳しかったのか、お灸《きゅう》を据えたり押し入れへほうり込んだりの体罰はさほど珍しくなかった。子供のほうもさして恨みがましく考えず、撲《ぶ》たれようが往来へ突き出されようが、ワンワン泣くだけ泣くと、あとはケロリとしたものであった。私も、お灸こそ据えられなかったが、お八つ抜きのお仕置きは覚えがある。

そんな時、弟は、「お姉ちゃんが可哀《かわい》そうだ」と、敷居の上に飴玉をのせ、金槌《かなづち》で二つに割って私に呉《く》れたという。今でも姉弟でいい合いになると、母がその話を持ち出すので、私は旗色が悪くなって困ってしまう。

弟で思い出したが、私が小学校へ上った時に、父は私と二つ下の弟の為に机を作ってくれた。デザインは父で、仕事は近所に住む家具職人だった。腕はいいが子沢山《こだくさん》で、ガランとして家具ひとつないうちで、年中派手な夫婦げんかをやっていた。折からの不景気で、父は見かねて仕事を頼んだらしい。

今思い出してもあれは何とも奇妙な机であった。飛び切り大型の机に、私と弟が入れ違いというか差し向いで腰掛けるようになっているのである。抽斗《ひきだし》のほかに、脚にはランドセルや草履《ぞうり》袋を入れる棚まで作りつけになっていた。モケット張りの椅子《いす》も弟のは少し高めに出来ていたし、黒っぽく塗ったサクラの材質も仕上りも堂々たるもので、当時としても相当高価だったと思う。

他人の家を転々として恵まれない少年時代を送った父が、長男長女に子供の頃の夢を托した作品だったと思うが、残念なことに一人っ子の父は「きょうだい」というものを知らなかったようだ。

大人しくしているのは父の前だけで、私と弟は、やれノートが国境線を越えたの、消しゴムのカスを飛ばしたので大立ち廻りのけんかとなり、大抵、一人は食卓で勉強という仕儀になったのである。

「お父さんがつまらないものを作るから」

と祖母と母は笑いながら陰口を利《き》いていた。おまけに、素人《しろうと》の悲しさで、子供の成長を計算に入れなかったものだから、すぐに使えなくなってしまった。椅子と抽斗の間に足がはさまり、窮屈で坐れなくなったのである。

上物《じょうもの》だが役立たずの大机は、それでも、十一回の引越しの半分をついてきたようだが、いつとはなしに処分されて見えなくなってしまった。

以前テレビでやっていた「ヒカリサンデスク」のコマーシャルを見るたびに、この父性愛の結晶である「きょうだい机」を思い出し、私はひとりで笑っていた。

あれはいくつの時だったか、たしか青葉の頃であった。私はこの机に一人で坐って、ふかし芋を食べながら母の「主婦之友」をめくっていた。汗ばんだひじに、ゆったりした大きな机は気持よかった。少女時代の照宮《てるのみや》様の写真がのっていた。いい机だな、と初めて思ったような気がする。考えてみると、これはわが人生初めての机であった。


お芋のふかしたのは、当時よく出てくるお八つであった。衣《きぬ》かつぎや新じゃがいものふかしたのもおいしかったが、何といってもさつまいもで、蓋《ふた》がデコボコになったご飯蒸しから甘い湯気を吹き上げていた光景をハッキリと覚えている。

私は「おいらん」が好きだった。

薄くてうす赤い皮。紫色を帯びたねっとりとした白。細身の甘い「おいらん」はその名の通り女らしくやさしいお芋だった。

反対に「金時」は大ぶりで、黄金色にぽっくりして、――誰がつけたのか知らないが、この頃になって、この二つのネーミングは本当に素晴しいと思う。それにひきかえ、戦争がはじまってから出てきた「農林一号」は、名前もつまらないが、お芋自体も水っぽく好きになれなかった。この頃から、私達のお八つはだんだんとさびしくなっていった。

お八つは固パンと炒《い》り大豆がせいぜいだった戦争が終って、一時期父はカルメ焼に凝《こ》ったことがある。仙台支店長だった頃だが、夕食が終ると子供たちを火鉢のまわりに集めて、父のカルメ焼が始まる。こういう時、四人きょうだい全部が揃わないと機嫌が悪いので、

「勉強もあるだろうけど、頼むから並んで頂戴《ちょうだい》よ」

と母が小声で頼んで廻り、私達は仕方なく全員集合ということになる。父は、自分で買ってきたカルメ焼用の赤銅《あか》の玉杓子《たまじゃくし》の中に、一回分の赤ザラメを慎重に入れて火にかける。

「これは邦子のだ」

まじめくさっていうので、私も仕方なく、

「ハイ」

なるべく有難そうに返事をする。

砂糖が煮立ってくると、父はかきまわしていた棒の先に極《ご》く少量の重曹《じゅうそう》をつけ、濡れ布巾の上におろした玉杓子の砂糖の中に入れて、物凄い勢いでかき廻す、砂糖はまるで嘘のように大きくふくれ、笑み割れてカルメ焼一丁上り！　ということになる。うまく行った場合はいいのだが、ちょっと大きくふくれ過ぎたなと、見ていると、シュワーと息が抜け、みるみるうちにペシャンコになってしまう。こういう場合、子供たちはそんなものは見もしなかった、という顔で、そ知らぬ風をしなくてはならないのだ。

緊張のあまり、ハァ……と大きな吐息をもらしたら、それに調子を合せるようにカルメ焼もため息をつき、ペシャンコにつぶれてしまい、

「ヘンな時に息をするな!」

とどなられたこともあった。

こういう時、うちで一番の笑い上戸《じょうご》の母は、なにかと用をつくって台所にいたが、水仕事をする母の背中とお尻が細かに揺れて、笑っているのがよく判った。

私は子供のくせに癇《かん》が強くて、飴玉をおしまいまでゆっくりなめることの出来ない性分であった。途中でガリガリ噛《か》んでしまうのである。変り玉などは、しゃぶりながら、どこでどう模様が変るのか気になってたまらず、鏡を見ながらなめた覚えがある。

飴玉だけでなく、何を焦《じ》れていたのか爪を噛み、鉛筆のお尻から三角定規、分度器からセルロイドの下敷きまで噛んで穴だらけであった。人の話を最後まで聞くことが出来ず口をはさむ。推理小説の読み方も我慢なしで、途中まで読み進むと、自分の推理が当っているかどうかが気になってついラストのページを読んでしまう、といった按配《あんばい》であった。

ところが、つい半年ほど前、入院生活を体験した。気がついたら私は飴玉をお仕舞いまでしゃぶっていたのである。病気が気持をゆったりとさせたのか不惑《ふわく》を越した年のせいか、嬉

しいような寂しいような妙な気分であった。

子供はさまざまなお八つを食べて大人になる。

「なにを食べたかいってごらん。あなたという人間を当ててみせよう」

といったのは、たしかブリア・サヴァランだったと思うが、子供時代にどんなお八つを食べたか、それはその人間の精神と無縁ではないような気がする。

猫は嬉しい時、前肢《まえあし》を揃えて押すようにする。仔猫の時、母猫の乳房を押すとお乳がよく出る。出ると嬉しいから余計に押す。それが本能として残ったのだと聞いたことがある。子供時代に何が嬉しく何が悲しかったか、子供の喜怒哀楽にお八つは大きな影響を持っているのではないか。

思い出の中のお八つは、形も色も、そして大きさも匂いもハッキリとしている。英字ビスケットにかかっていた桃色やうす紫色の分厚い砂糖の具合や、袋の底に残った、さまざまな色のドロップのかけらの、半分もどったような砂糖の粉を掌《てのひら》に集めて、なめ取った感覚は、不意に記憶の底によみがえって、どこの何ちゃんか忘れてしまったけれど一緒にいた友達や、足をブラブラゆすりながら食べた陽当りのいい縁側の眺めもうすぼんやりと浮かんでくるのである。

そういう光景の向うから聞えてくるのは、私の場合、村岡のオバサンと関屋のオジサンの声である。昔、夕方のあれは六時頃だったのか、子供ニュースというのがあって、村岡花子、関屋五十二《いそじ》の両氏が交代でお話をされた。この声を聞くと夕飯であった。このあと、「カレント・トピックス」という時間があった。男のアナウンサーが、英語でニュースを喋《しゃべ》るのである。私は、これをひどく洒落《しゃれ》たことばの音楽のように聞いていた。それにしても私は自分に作曲の才能がないのが悲しい。伝ハイドンの「おもちゃの交響楽」にならって、わが「お八つの交響楽」を作れたらどんなに楽しかろうと思うのだが、私はおたまじゃくしがまるで駄目なのである。

ゆでたまご

小学校四年の時、クラスに片足の悪い子がいました。名前をIといいました。Iは足だけでなく片目も不自由でした。背もとびぬけて低く、勉強もビリでした。ゆとりのない暮らし向きとみえて、衿《えり》があかでピカピカ光った、お下がりらしい背丈の合わないセーラー服を着ていました。性格もひねくれていて、かわいそうだとは思いながら、担任の先生も私たちも、ついIを疎《うと》んじていたところがありました。

たしか秋の遠足だったと思います。

リュックサックと水筒を背負い、朝早く校庭に集まったのですが、級長をしていた私のそばに、Iの母親がきました。子供のように背が低く手ぬぐいで髪をくるんでいました。かっぽう着の下から大きな風呂敷包みを出すと、

「これみんなで」

と小声で繰り返しながら、私に押しつけるのです。

古新聞に包んだ中身は、大量のゆでたまごでした。ポカポカとあたたかい持ち重りのする風呂敷包みを持って遠足にゆくきまりの悪さを考えて、私は一瞬ひるみましたが、頭を下げているＩの母親の姿にいやとは言えませんでした。

歩き出した列の先頭に、大きく肩を波打たせて必死についてゆくＩの姿がありました。Ｉの母親は、校門のところで見送る父兄たちから、一人離れて見送っていました。

私は愛という字を見ていると、なぜかこの時のねずみ色の汚れた風呂敷とポカポカとあたたかいゆでたまごのぬくみと、いつまでも見送っていた母親の姿を思い出してしまうのです。

Ｉにはもうひとつ思い出があります。運動会の時でした。Ｉは徒競走に出てもいつもとびきりのビリでした。その時も、もうほかの子供たちがゴールに入っているのに、一人だけ残って走っていました。走るというより、片足を引きずってよろけているといったほうが適切かも知れません。Ｉが走るのをやめようとした時、女の先生が飛び出しました。

名前は忘れてしまいましたが、かなり年輩の先生でした。叱言《こごと》の多い気むずかしい先生で、担任でもないのに掃除の仕方が悪いと文句を言ったりするので、学校で一番人気のない先生でした。その先生が、Ｉと一緒に走り出したのです。先生はゆっくりと走って一緒にゴールに入り、Ｉを抱きかかえるようにして校長先生のいる天幕に進みました。ゴールに入った生徒は、ここで校長先生から鉛筆を一本もらうのです。校長先生は立ち上がると、体をかがめてＩに鉛筆を手渡しました。

愛という字の連想には、この光景も浮かんできます。

今から四十年もまえのことです。

テレビも週刊誌もなく、子供は「愛」という抽象的な単語には無縁の時代でした。

私にとって愛は、ぬくもりです。小さな勇気であり、やむにやまれぬ自然の衝動です。

「神は細部に宿りたもう」ということばがあると聞きましたが、私にとっての愛のイメージは、このとおり「小さな部分」なのです。

味醂干し

味醂《みりんぼ》干しと書くと泣きたくなる。

懐しさと腹立たしさと、涙の味はふたつである。

子供の頃、父が出張したり宴会で遅くなったりして居ない女子供だけの食卓に、よく味醂干しのおかずがついた。

ねずみ色の着物を着て、手拭いを姐様《あねさま》かぶりにした祖母が七輪《しちりん》をうちわであおいでいる。うちわは八百屋のので、白地に下手な茄子《なす》やきゅうりが描いてあり、端が焼け焦げていた。そのそばで、幼い私が味醂干しをはがしている。横に三匹、縦に三匹。味醂でペタリとはりついたしっぽを取らないようにはがすのだが、手がすぐにベタベタになり、洋服にこすりつけてはよく叱られた。

茶の間からは母が膳立てをする音が聞えている。祖母は網の上でそっくりかえる味醂干しを白地に藍の印判手《いんばんて》の皿にのせ、五、六匹まとまると、私を茶の間へせき立てた。

受取る母は、白い割烹着《かっぽうぎ》で、赤くふくらんであかぎれの切れた手をしていた。腕のところに輪ゴムをはめていることもあった。輪ゴムは当時は貴重品だったのだろうか。二度三度と台所と茶の間を往復して、祖母と私はいつも食卓につくのはビリだったが、その代り、口に入れると、ジュウと音のするアツアツの味醂干しを食べることが出来た。

あれは本当においしかった。

今から四十年も昔のはなしで、今ほど食生活が豊かでなかったせいもあるだろう。日頃は口吐言《くちこごと》の多い父のいない気安さもあった。私の人生の中で一番小さな家に住み、父の月給の安さ、子供の多さ、母のやりくりの苦労が判りはじめた年頃だったことも手伝って、味醂干しには、子供時代のアルバムをめくる懐しさがある。

あの匂いを思い出すと、その頃住んでいた借家の間取りや食卓の六角形のガラスの醬油注《しょうゆつ》ぎや自分の使っていた御飯茶碗の模様が目の底によみがえってくる。

だから、時々は味醂干しを食べたいのだが、この頃の堕落ぶりはどういうことなのだろう。

あれはもう味醂干しではない。

昔ながらにサザンが九匹並んで、白胡麻がパラリとかかった形は同じだが、味が違う。匂いもそっけない。第一、ツヤを出すためかアラビアゴム糊《のり》でも薄く引いたのかと疑いたくなるような、ビニールパックをした顔のように、いやにテカテカ光っているのも気に入らない。固く突っぱって小意地が悪いのである。

「マイワシが高いからねえ。冷凍のカタクチイワシ使って合成品の味醂使って作ってンだ。うめえわけねえや」

と魚屋のおやじさんも腹を立てている。二人ならんで怒っていてもラチがあかないので自分で作ることにした。

福知千代女史の『つけもの・常備菜』(文化出版局刊)百ページのあじのみりん干しの項を参考に、小イワシのいきのいいのが入った時に試みたのだが、マンション暮しの悲しさで、ベランダに干すしかない。ところが我が家の隣人はアメリカ大使館勤務の技術者で、デッキチェアで陽なたぼっこに出てきては、どうも匂いを気にしているのである。国際問題に発展したら大変だと、風呂場に移し、電気メーカーからお中元にもらった化粧用の小型扇風機を使って乾かしたのだが、あまりぶっつづけに廻したせいか、扇風機はこわれるわ、風呂場は味醂干し臭くなるわで、お味はなかなか結構だったものの、一回であきらめざるを得なかった。

私の味醂干し狂いを知っている友人達はよく各地のを届けて下さる。魚河岸《うおがし》のどこそこ。

稲村ヶ崎の何とか魚店。みなそれぞれおいしかったが、私が一番感動したのは、たしか塩釜の、なんとかいう魚屋のものだった。

昔なつかしい濡れた味醂干しなのである。

ベッタリと濃い焦茶色に漬かった大き目のイワシが作法通り九匹ならんでいるのだが、包み紙にじっとり漬け汁が滲《にじ》み出るほど濡れている。包み紙も、派手派手しい赤や青で、あまり上品とは申しかねる図柄なのも嬉しかった。味醂干しは、これなのだ。見るからに安そうで気のおけないところが身上《しんじょう》なのだ。何とかしてコネをつけて送って戴こうと、大事に包み紙を取っておいたのだが、生れつきの整理整頓の悪さで、どこかへまぎれこみ、口惜《くや》しい思いをしている。

裏切られると判っていても、私は時々味醂干しを買う。街にとうふ屋のラッパの聞える夕暮れ時——実は今どき東京の青山でとうふ屋のラッパは滅多《めった》に聞えない。しかし、私のイメージの夕暮れには、とうふ屋のラッパが鳴るのである。買物かごを抱えてごった返す小さい魚屋や漬け物屋で味醂干しを買う。

懐石は「枡半《ますはん》」がいい、洋食は「アリタリア」がおいしいと利《き》いた風な口を利き、それも本当なのだが、本音を吐けばこれはよそゆきで、普段着の姿はオムレツにソースをかけて食べ、精進揚げの残ったのを甘からく煮つけたのが大好きなのである。気取ったことを言ったところで、お前の出性《でしょう》は味醂干しだぞという声が天の一角から聞えるような気がするのである。

七色とんがらし

野球狂の友人がいる。勤め先で野球チームを作ったのだが、予算が足りず、人数分のグローブやミットが揃《そろ》わなかった。

「本革」ということばが幅を利《き》かせていた随分前のはなしである。

色も材質も違う寄せ集めのオンボロで練習をしていたのだが、試合を前にチームの一人が耳寄りなニュースを聞いてきた。

羽振りのいいあるメーカーの使い古しが倉庫に眠っている。よかったらお使い下さいというのである。同じお古なら、チグハグより揃っている方がいい。早速貰《もら》いに行き試合にのぞんだのだが、これが稀《まれ》な珍ゲームとなった。

キャッチャーがボールをミットに受ける。途端《とたん》にキャッチャーもバッターも、くしゃみが出てしまうのである。ピッチャーも外野手も、グローブを叩いたりボールを受けたりすると、ハーハーときて、ハークションとなってしまう。相手側からクレームがついて試合は中断の止《や》むなきに到った。どうもおかしいというので調べたら、道具一式をくれた気前のいいメーカーは、胡椒《こしょう》やカレーで戦後大発展をしたところと判った。

野球道具は、倉庫に眠っている間に商売ものの香辛料をたっぷりと吸い込んだのであった。

小さなしあわせ、と言ってしまうと大袈裟《おおげさ》になるのだが、人から見ると何でもない、ちょっとしたことで、ふっと気持がなごむことがある。

私の場合、七色とんがらしを振ったおみおつけなどを頂いていて、プツンと麻の実を嚙《か》み当てると、何かいいことでもありそうで機嫌がよくなるのである。

子供の時分から、七色とんがらしの中の麻の実が好きで、祖母の中に入っているのを見つけると、必ずおねだりをした。子供に辛《から》いものを食べさせると馬鹿になると言って、すしもわさび抜き、とんがらしも滅多《めった》にかけてはくれなかったから、どうして麻の実の味を覚えたのか知らないが、とにかく好きだった。少し大きくなり、長女の私だけが、朝のおみおつけに、ほんの少し、七色とんがらしをかけてもいいと言われた時は、一人前として認められたようで、ひどく嬉《うれ》しかった。

母方の祖父の一番の好物は、七色とんがらしであった。

名人かたぎの建具師で、頑固だが腕はかなりよかったらしい。日露戦争の生き残りで、乃木大将の下で旅順を攻めた。私は戦後の一時期、この人とひとつ屋根の下で暮したことがあるが、今から思うと、なぜ当時のはなしを丁寧《ていねい》に聞いて置かなかったのかと悔《くや》まれてならない。

大体が無口な人間だったから、聞いたはなしといえば敵の砲撃が激しくなると、兵隊たちの中で、居職《いじょく》のものは、つまり仕立屋とか時計職人とか、うちにいて食べられる者は、片手片足を上げて、

「撃ってくれ！　撃ってくれ！」

と叫んだというはなしぐらいである。祖父もそうしたのかどうかは知らないが、肩を撃たれ衛生兵にかつがれ後方におくられ一命を拾った。

面差《おもざ》しが死んだ志ん生《しょう》に似ていたせいか、志ん生のひいきであった。角力《すもう》も好きだったが、七色とんがらしは、この二つと同じ位好きだったらしい。

自分専用のとんがらしの容れ物を持っていて、おみおつけの椀《わん》が真赤になるくらい、かけ

るのである。見ただけで鼻の穴がムズムズしてきた。とても人間の咽喉《のど》を通る代物《しろもの》と思えなかった。

　このとんがらしが原因で、祖父はよく祖母とぶつかった。

　頑固なくせに気弱なところのある祖父とは反対に、祖母は、気はいいくせに口やかましいたちであった。

「そんなにかけたら、体に毒だよ」

　から始まって、

「長い間かけてるから、鼻もなにもバカになってンだ」

　お決りのワンコースをやらないと、気がすまないらしかった。祖父は、女房の悪たれ戦術にはひとことも答えず、言われれば言われるほど、更に自分用のとんがらしを振りかけた。

　黙々として赤いおみおつけをすする祖父の鼻の先が、まず赤くなり、それから顔中が赤くなり、汗が吹き出てくる。顔もしかめず、くしゃみもせず、祖父はおみおつけをゆっくりと吸い終った。

　若い時分は、ただ職人かたぎのへそ曲りと思っていた。だが、この頃になって祖父の気持が判ってきた。

下戸《げこ》で盃《さかずき》いっぱいでフラフラする祖父にとって、とんがらしは、酒だったのではないか。関東大震災のあとの建築ブームで、羽振りのいい時代もあった。大きなうちに住み、沢山《たくさん》の職人を抱え、親方と立てられた時代もあったが、人の請判《うけはん》をしたのがつまずきの始まりだった。

そのあとに戦争が来た。

ようやく乗り切ったと思ったら、職人として一番腕の振える全盛期とバラック建築の時代がぶつかってしまった。

気に入った仕事がくるまでは、半年でも一年でも遊んでいる、といった名人肌も、家族を養うためには、折れなくてはならなかった。

昔なら見向きもしなかった小料理屋のこたつ櫓《やぐら》まで作った。

子供たちもあまり運がいいとはいえなかった。頼りにしていた次男は肺を患《わずら》って若死にした。仕事場のまわりに進駐軍が出入りして、銘木に平気でペンキを塗りたくるのを黙って見ていなくてはならなかった。

祖父は、愚痴《ぐち》をこぼす代りに、おみおつけのお椀が真赤になるまで、とんがらしを振りかけたのだ。

腹を立て、ヤケ酒をのみ、女房と言い争う代りに、戦争をのろい、政治家の悪口をいう代りに、鼻を赤くして大汗をかいて真赤なおみおつけをのみ下していたのだ。

結局、祖父は、ひとことの愚痴も言わず、老衰で死んだのだが、初七日が終り、やっとうちうちだけで夜の食事をした時、祖母は、長火鉢の抽斗《ひきだし》から、祖父のとんがらしを出した。

「こんなに急に死ぬんなら、文句いわないで、とんがらしをおなかいっぱい、かけさしてやりゃよかったよ」

陽気な人だったから、こう言って大笑いをした。笑っている目から大粒の涙がこぼれていた。

お弁当

自分は中流である、と思っている人が九十一パーセントを占めているという。この統計を新聞で見たとき、私はこれは学校給食の影響だと思った。毎日一回、同じものを食べて大きくなれば、そういう世代が増えてゆけば、そう考えるようになって無理はないという気がした。

小学校の頃、お弁当の時間というのは、嫌でも、自分の家の貧富、家族の愛情というか、かまってもらっているかどうかを考えないわけにはいかない時間であった。

豊かなうちの子は、豊かなお弁当を持ってきた。大きいうちに住んでいても、母親がかまってくれない子は、子供にもそうと判るおかずを持ってきた。

お弁当箱もさまざまで、アルマイトの新型で、おかず入れが別になり、汁が出ないように、パッキングのついた留めのついているのを持ってくる子もいたし、何代目のお下りなのか、でこぼこになった上に、上にのせる梅干で酸化したのだろう、真中に穴のあいたのを持ってくる子もいた。

当番になった子が、小使いさんの運んでくる大きなヤカンに入ったお茶をついで廻るのだが、アルミのコップを持っていない子は、お弁当箱の蓋《ふた》についでもらっていた。蓋に穴のあいている子は、お弁当を食べ終ってから、自分でヤカンのそばにゆき、身のほうについで飲んでいた。

ときどきお弁当を持ってこない子もいた。忘れた、と、おなかが痛い、と、ふたつの理由を繰り返して、その時間は、教室の外へ出ていた。砂場で遊んでいることもあったし、ボールを蹴《け》っていることもあった。そんな元気もないのか、羽目板に寄りかかって陽なたぼっこをしているときもあった。

こういう子に対して、まわりの子も先生も、自分の分を半分分けてやろうとか、そんなことは誰もしなかった。薄情のようだが、今にして思えば、やはり正しかったような気がする。ひとに恵まれて肩身のせまい思いをするなら、私だって運動場でボールを蹴っていたほうがいい。

お茶の当番にあたったとき、先生にお茶をつぎながら、おかずをのぞいたことがある。のぞかなくても、先生も教壇で一緒に食べるので、下から仰いでもおよその見当はついたのだが、先生のおかずも、あまりたいしたものは入っていなかった。

昆布の佃煮《つくだに》と切りいかだけ。目刺しが一匹にたくあん。そういうおかずを持ってくる子のことを考えて、殊更《ことさら》、つつましいものを詰めてこられたのか、それとも薄給だったのだろうか。

私がもう少し利発な子供だったら、あのお弁当の時間は、何よりも政治、経済、社会について、人間の不平等について学べた時間であった。残念ながら、私に残っているのは思い出と感傷である。


東京から鹿児島へ転校した直後のことだから、小学校四年のときである。

すぐ横の席の子で、お弁当のおかずに、茶色っぽい見馴《みな》れない漬物だけ、という女の子がいた。その子は、貧しいおかずを恥じているらしく、いつも蓋を半分かぶせるようにして食べていた。滅多《めった》に口を利《き》かない陰気な子だった。

どういうきっかけか忘れてしまったが、何日目かに、私はその漬物をひと切れ、分けてもらった。これがひどくおいしいのである。

当時、鹿児島の、ほとんどのうちで自家製にしていた壺漬《つぼづけ》なのだが、今みたいに、坐っていて、日本中どこの名産の食べものでも手に入る時代ではなかったから、私は本当にびっくりして、おいしいおいしいと言ったのだろうと思う。

その子は、帰りにうちに寄らないかという。うんとご馳走《ちそう》して上げるというのである。

小学校からはかなり距離のあるうちだったが、私はついていった。

もとはなにか小商《こあきな》いをしていたのが店仕舞いをした、といったつくりの、小さなうちであった。彼女の姿を見て、おもてで遊んでいた四、五人の小さな妹や弟たちが彼女と一緒にうちへ上った。

うちには誰もいなかった。私は戸締りをしていないことにびっくりしたが、すぐにその必要がないことが判った。そのうちはちゃぶ台のほかは家具は何ひとつ無かったからである。

彼女は、私を台所へ引っぱってゆき、上げ蓋を持ち上げた。黒っぽいカメに手をかけたとき、頭の上から大きな声でどなられた。

働きに出ていたらしい母親が帰ってきたのだ。きつい訛《なま》りで「何をしている」と言って叱責する母親に向って、彼女はびっくりするような大きな声で、

「東京から転校してきた子が、これをおいしいといったから連れてきた」

というようなことを言って泣き出した。

母親に立ち向う、という感じだった。

帰ろうとする私の衿髪《えりがみ》をつかむようにして、母親は私をちゃぶ台の前に坐らせ、丼《どんぶり》いっぱいの壺漬を振舞ってくれた。この間、三十八年ぶりで鹿児島へゆき、ささやかな同窓会があった。この人に逢いたいと思ったが、消息が判らないとかで、あのときの礼はまだ言わずじまいでいる。


女子供のお弁当は、おの字がつくが、男の場合は、弁当である。

これは父の弁当のはなしなのだが、私の父はひと頃、釣に凝《こ》ったことがある。のぼせると、何でも本式にやらなくては気の済まない人間だったから、母も苦労をしたらしいが、釣に夢中になっていて弁当を流してしまった。

はなしの具合では川、それも渓流らしい。茶店などある場所ではなかったから、諦めていると、時分どきになったら、すこし離れたところにいた一人の男が手招きする。

「弁当を一緒にやりませんか」

辞退をしたが、余分があるから、といって、父のそばへやってきて、弁当をひろげてみせた。

「世の中に、あんな豪華な弁当があるのかと思ったね」

色どりといい、中身といい、まさに王侯貴族の弁当であったという。あとから礼状でもと思い、名前を聞いたが、笑って手を振って答えなかった。その人とは帰りに駅で別れたが、その頃としては珍しかった外国産の大型車が迎えにきていたという。

何年かあとになって、雑誌のグラビアでその人によく似た顔をみつけて、もう一度びっくりしたという。勅使河原蒼風《てしがわらそうふう》氏だったそうな。人違いじゃないのと言っているうちに父は故人になった。あの人の花はあまり好きではなかったが、親がひとかたけの弁当を振舞われたと思うせいか、人柄にはあたたかいものを感じていた。

海苔と卵と朝めし

二・二六事件のころ、私たちは宇都宮に住んでいた。

ニュースが山王下《さんのうした》という地名を繰り返した。母は実家が麻布三連隊のそばで、山王下は目と鼻だったから余計《よけい》切迫したものを感じたのであろう、いまにも鉄砲玉が宇都宮まで飛んでくるような気がして、

「おばあちゃん、すぐ支度《したく》をしなくちゃ」

と祖母に向って叫んだそうだ。

私は数えの八つだった。

そのころ、うちで食べていた海苔《のり》の値段は、一帖十三銭から十五銭だという。

生命保険会社の支店次長の父の月給が百三十円。社宅は十畳八畳六畳三畳三畳、二階が八

畳六畳四畳半。二百坪の庭がついて、家賃は十七円だったと母はよく覚えている。海苔は長火鉢の抽斗《ひきだし》に入っていた。

朝、顔を洗って八畳の茶の間に入ってゆくと祖母が、節の高くなった手で、海苔を二枚合わせ、長火鉢の上で丹念に火取《ひど》っていた。

その間に私たち子供は、母の手製の白い割烹着《かっぽうぎ》を着せてもらう。胸のあたりを汚すというので、お膳につくときはいつもこうであった。冬はネル。陽気がよくなると天竺《てんじく》。ミシンはまだ普及してなかったから手縫いである。

母の鏡台のある湯殿横の三畳で、口ひげの手入れをしていた父が、やっと終って席につく。三十を出たばかりの父は、重しをつけるためか、口ひげを立てていた。ステッキとともに当時流行《はや》っていたらしい。

祖母がパリパリといい音をさせて海苔を八つに切る。子供はそれをさらに半分に切って一人が八枚。枚数は同じだが、半枚で大人の半分である。

私は海苔が好きだったから、早く大人になって、白い割烹着など着ずに大きく切った一人一枚の焼き海苔を食べたいと思っていた。

このころ使った海苔の皿は、九谷《くたに》の四角いものである。十一回か二回の引っ越しで十客《きゃく》が二客に減ってしまったが、いまも私の手許《てもと》に残っている。

焼き海苔は毎朝のように食膳にならんだが、うちでは子供は一膳目からそれを食べることは禁じられていた。

おみおつけでまず一膳のごはんを食べ、生卵か海苔、納豆は二膳目でないと箸《はし》をつけてはいけないというのである。

ごはん一膳では、いつまでたっても今の大きさだよ、子供は二膳目のごはんで大きくなるのだ、というのである。おかしな理屈だが、今の子供みたいに口答《くちごたえ》など思いもよらない時代だったし、知識もなかったから、子供は一生懸命にごはんを食べた。

ごはんも海苔も、ピカピカ光っていたような気がする。卵も大きく殻は硬かった。割ると蜜柑《みかん》色の大きな黄身が盛り上がった。

あと食卓にならんでいたのは、昆布かはぜの佃煮《つくだに》、梅干しぐらいである。トマトの赤もなかったしバターの匂いもなかった。

このころの朝ごはんを思い出すと、妙に静かだったような気がする。ラジオもあるうちとないうちがあった。食卓の会話もすくなかった。うちだけでなく、まわりもシンとしていた。それでいて活気があった。

早起きして、かまどで火を起こし薪《まき》をくべ、ごはんを炊く。鰹節《かつおぶし》をけずる。台所の上げ蓋《ぶた》を上げ御味噌の重石《おもし》を取ってかき回し、昨夜から時間を計って漬けておいた茄子《なす》か胡瓜《きゅうり》を出して切る。おもてを通る納豆屋の声に気をつけ呼びとめる。

短い時間に火を使い刃物を使う母や祖母の勢いが朝の食卓にも流れていたような気がする。

ところでわたしたち子供は、間もなく焼き海苔を食べさせてもらえなくなってしまった。

当時五歳だった弟が、口の天井に焼き海苔をはりつけてしまい、朝の食卓でひと騒動あったのである。

はじめての男の子だったこともあり、気短《きみじか》な癖に子煩悩《こぼんのう》な父が、

「もう、子供に海苔は食べさせるな！」

とどなり、子供だけは毎日毎日、生卵ということになってしまったのである。

卵は近所の鶏舎へ買いにゆくと、十六個ほどで十一銭か十二銭だったと母は言っている。

この値段からすると、当時から海苔は卵にくらべてずっと高価である。このへんの比率は今も変らないのかもしれない。

このあと小学校に入り、当時は給食などなかったから、毎日お弁当を持って通った。泊り客などで母の忙しいときは、よく海苔弁が入っていた。鰹節と海苔が二段か三段になったもので、母は済まながっていたが、私は好きだった。

遠足や運動会は必ず海苔巻きであった。

あれはいくつのときだったか、遠足にいって友達と海苔巻きの取り換えっこをしたことが

ある。

友達の海苔はうちのと色が違っていた。うちのは黒かったが、友達のは黒地に小豆色のブチが入っていた。ゴソついておいしくなかった。海苔にも暮しにも段があることを知ったのはこのときだったような気がする。

骨

十代の頃、私は魚を焼くのが好きだった。

両親に、「邦子は魚を焼くのが上手だ」とほめられ、得意になっていた。

特に父は、

「お前が焼くと魚が違うなあ」

とほめちぎった。

たまに失敗しても叱らなかった。

「お前みたいな名人が焼いても、これなんだから、今日は魚が悪かったんだろう」

と言うのである。

口を開けば叱言《こごと》ばかりで、滅多《めった》にほめない人間にこう言われると、その気になってしまう。

私は焼魚というと、張り切って台所へ立ち、うち中の魚を一人で焼いた。まず七輪《しちりん》の火の起し方、炭の組み方が焼き具合に大きく響くことを覚えた。鉄灸《てっきゅう》はよく洗って、ゴマ油を塗ると、魚がくっつかないことも判った。

魚の種類、季節、脂ののり方によって、火加減や焼ける時間に差のあることも、判ってきた。鰯《いわし》などを焼くときは、頭と尻尾を交互に鉄灸の上にならべると、具合よく焼けることも自分で考えた。

いまみたいに料理の本なども出廻っていなかったから、こういうことは、失敗しながらも、ひとつひとつ自分で覚えていった。

ささやかな発見や試みが出来てうまくゆき、ほめられると、天にものぼる心地だった。今にして思えば、あれは父や母の深謀遠慮《しんぼうえんりょ》であった。

父は、食事のとき、母がつきっきりで世話をやかないと、きげんの悪い人間である。そのくせ、焼魚は、アツアツを食べたいという食いしん坊である。

そのためには、長女である私をおだてて、その気にさせるのが一石二鳥だったのである。まんまとおだてにのり、張り切っていたのが口惜《くや》しいが、おかげで魚を焼くのが苦にならなくなった。

その時分、覚えたことがもうひとつある。

気を入れて魚を焼くと、食べてくれる人間の食べっぷりがとても気になるものである。下ってくる魚の骨をみて、私は、これはお父さん、これはおばあちゃん、弟とあてることが出来た。

どういうわけか、わが家は父と弟、つまり男系のほうが、魚の食べかたが上手であった。

ピカソが魚を食べるところを、テレビで見たことがある。

ピカソの記録映画の一場面なのだが、三十センチほどの尾頭《おかしら》つきの頭を、手で持って食らいついている。

最晩年のものだから、九十に近いと思われるのだが、その自然なたくましさは、老人ではなかった。人間の男というより、大きな強い雄《おす》の獣という感じがした。

ピカソの手には、みごとに骨だけになった魚が残っていた。骨は、ピカソが作ったオブジェのようにみえた。魚の骨は、こんなに美しかったのか。どうしてこのことに気がつかなかったのか、と思えた。

友人に料亭の女あるじがいる。

その人が客の一人である某大作家の魚の食べっぷりを絶賛したことがあった。

「食べかたが実に男らしいのよ。ブリなんかでも、パクッパクッと三口ぐらいで食べてしまうのよ」

ブリは高価な魚である。惜しみ惜しみ食べる私たちとは雲泥《うんでい》の差だなと思いながら、そのかたの、ひ弱な体つきや美文調の文体と、三口で豪快に食べるブリが、どうしても一緒にならなかった。

そのかたは笑い方も、ハッハッハと豪快そのものであるという。

なんだか無理をしておいでのような気がした。

男は、どんなしぐさをしても、男なのだ。身をほじくり返し、魚を丁寧《ていねい》に食べようと、ウフフと笑おうと、男に生れついたのなら男じゃないか。

男に生れているのに、更《さら》にわざわざ、男らしく振舞《ふるま》わなくてもいいのになあ、と思っていた。

その方が市ヶ谷で、女には絶対に出来ない、極めて男らしい亡くなり方をしたとき、私は、豪快に召し上ったらしい魚のこと、笑い方のことが頭に浮かんだ。

魚の骨がのどに刺さると、ごはんをのみ込めと教えられていた。

大きなかたまりを、のどに押し込むようにして、噛《か》まずにのみ込むのである。

大抵の骨はこれで何とか送り込むことが出来た。

それでも駄目なときは、祖母が象牙《ぞうげ》の箸《はし》で、のどのところをさするようにして、

「ナンマンダブ、ナンマンダブ」

という。

それから、またご飯の固まりである。

この頃は、小骨の多い魚を食べることが少なくなったのか食べかたが上手になったのか、滅多《めった》に骨が刺さることはない。昔の、うす暗い電灯の下の、ささやかな夕食の情景に、骨が刺さって目を白黒させている子供というのは、似合っていたような気がする。

外国の場合はどうなのだろうか。やはり、パンの固まりをのみ込むのだろうか。


女学生の頃、理科教室で、いきなりガイ骨が倒れかかってきたことがある。

床の掃除をしていた私の上に、誰かが蹴《け》とばしたのか、おおいかぶさるように、ガタンとかぶさってきたのだ。

私は、ギャアと叫び、雑巾《ぞうきん》バケツをひっくり返して尻餅《しりもち》をついた。

考えてみれば、随分《ずいぶん》おかしなはなしである。

毎日、血祭りにあげている、魚や、牛や豚の骨は格別怖くない。スペア・リブなどといっ

て、豚のアバラ骨をこんがり焼き、丸かじりにしてよろこんでいる。

焼鳥も、頭からいただくし、鶏やウズラの脚の骨も手にもって、肉ひとすじも残さじと、やはり横ぐわえである。

それでいて、自分と同じ骨をもつ、人間のガイ骨がおっかないのである。人間同士なら、抱き合い、それこそ、互いの骨のきしみが聞えても、嬉《うれ》しくなりこそすれ、ギャアといって尻餅をつくことなどないのに、人間が人間の骨におびえている。

人はどうして、人の骨が怖いのであろうか。

骨が怖いのではなく、死ぬのがこわいのかも知れない。

ウチの手料理

板前志願

何かの間違いで、テレビやラジオの脚本《ほん》を書く仕事をしているが、本当は、板前さんになりたかった。

女は、化粧をするし、手が温かい。料理人には不向きだということも知っている。私自身、母以外の女の作ったお刺身や、おにぎりは、どうもナマグサくていやだから、板場に立つなんて大それたことはあきらめて、せめて、小料理屋のおかみになりたい。

――これは今でも、かなり本気で考えている。

まず、こぢんまりとした店を手に入れる。この店なら居抜きでゆずってもらっていいな、という店が、実は六本木かいわいに一軒ある。

皿小鉢は、三年ほど前から、ポツリポツリと集めている古い瀬戸物を使うことにしよう。

うちの皿小鉢は、京都の骨董《こっとう》屋の女あるじが、特に割引でわけてくれるものだが、惜しいかな、せいぜい十客《きゃく》程度。五客というものも多いから、カウンター席は、十人どまりにしなくてはいけないいな。

仕込み。これは、私がやる。

一に材料、二に包丁。三、四がなくて、五に器。というのが、私の信条である。材料はケチらないで極上をそろえよう。

献立《こんだて》。これがまたたのしみである。

ハシリの野菜。シュンの魚――あれこれ取り合せて、その日のお品書きをつくる。

今だったら――と大きく出たいが、そこは素人《しろうと》の悲しさ。三、四十しかない、私のレパートリーの中で、人にごちそうして好評だったものの中から選ぶよりしかたがない。

突き出しは、きゅうりとウドのもろみ添え。向う附けに、染めつけの向う附けに、とろろいもを千切り《せんぎ》に刻んで、なめ茸《たけ》をちょんとのせて出そうか。いや、アッサリと、ワサビと海苔《のり》で、三杯酢でいこうかな。

こんな調子で原稿用紙に献立をつくって、いつも、一時間はあそんでしまう。

そうそう、京都から送ってきた、会津《あいづ》小椀《こわん》で、はし洗いとしゃれようか。梅干のたねを除いてサッと水洗いしたものにあぶった海苔をもんで、わさびを落し、淡味の清汁《すましじる》をはる。六本木の鮨長から盗んだ得意の一品である。

さて、献立はいいのだが、問題は客である。

毎年頂く年賀状の数ぐらいは、見えてくれるだろう。ただしザツな魚の食べかたをしたり、見当違いなことをいったりされると、このおかみさんは、短気だから、すぐカッとなって、口返答《くちごたえ》をするにちがいない。

「この味が判らないなんて、あなた味覚音痴じゃないの」ぐらい、言いかねない。

その代り、おだてには弱いから、ほめられるとだらしなく喜んで、お代りどうぞ、これは私のおごりにしとくわね、となることうけあいである。これも、心しなくてはならない。

ところで、小料理屋は下準備と後片づけが大変なのよ、と友人が教えてくれたっけ。

皿小鉢を洗うのは好きだが、どういうわけか拭くのは嫌いだから、これは他人にやってもらわなくてはならない。掃除、これもダメ。帳面つけ、数字は十以上になるとアヤしくなるから、これも他人。税金、これも人だのみ。勘定の取り立て、これも、向う気は弱いくせに、見栄っパリで、嫌なことのいえないタチだから——ダメ。

となると、わが幻の小料理屋は、だんだんと経営がアヤしくなってくるのである。

「ま、せいぜいワン・クールだな」

友人たちはせせら笑っている。ワン・クールというのは、テレビドラマで十三回。三カ月のことをいうのである。

「ままや」繁昌記

おいしくて安くて小綺麗《こぎれい》で、女ひとりでも気兼ねなく入れる和食の店はないだろうか。切実にそう思ったのは、三年前からである。仕事が忙しい上に体をこわしたこともあるが、親のうちを出て十五年、ひとりの食事を作るのに飽きてくたびれたのも本音である。

生れ育ったのが食卓だけは賑《にぎ》やかなうちだったこともあり、店屋《てんや》ものや一汁一菜《いちじゅういっさい》では気持までさびしくなってしまう。かといって、仕事の合間に三品四品おかずを整えるのは、毎日となるとかなりのエネルギーが要る。

吟味されたご飯。煮魚と焼魚。季節のお惣菜《そうざい》。出来たら、精進揚《しょうじんあげ》の煮つけや、ほんのひと口、ライスカレーなんぞが食べられたら、もっといい。

たまたま植田いつ子、加藤治子、澤地久枝のお三方とこのはなしになったところ皆さん同じ悩みを持っておいでということが判った。

「手頃な店はないものかしらねえ」

一緒にため息をつきながら、私は、気が付いた。

「自分で作ればいいじゃないか」

私は飽きっぽいたちである。

「何かいいことないか子猫チャン」という映画の題名があったが、あの仔猫をドラ猫に変えれば私のことになる。人間の出来が軽薄なのだろう、「この道ひと筋」という執念がなく、七年もたつと、新しいことをはじめたくなる。映画雑誌編集者から週刊誌のライター、ラジオの構成物の書き屋と替ったが、この十年はテレビドラマ一本槍でおとなしくしていた。

おかずを作るのに飽きたのなら、おかずの店を作ればいいのである。

幸か不幸か、我が家は食いしん坊と同時に、嫁《ゆ》き遅れの血統もあるらしく、末の妹の和子が適齢期を過ぎたのに、苗字も変らずに居る。この妹を抱き込んで、店を出そうと決心した。

妹は、火災保険の会社に勤めるＯＬであったが退職し、一年ほど前から五反田で「水屋」という小さな喫茶店をやっていた。どうにか常連の客もつき、女ひとり食べてゆくのに不安はなさそうだったが、場所が大通りから離れていることもあって、活気という点では、いまひとつ、面白味がないように思っていた。

「素人の泥棒は安全度を目安にするけれど、プロの泥棒は危険度で計るっていうわよ」

我ながら詭弁《きべん》で妹をたらし込みながら、私は昔祖母が口ずさんでいたドンドン節を思い出していた。

〽どうせなさるなら、でっかいことなされ
　青空たたんで洟《はな》をかめ
　もし成らなきゃダイナマイトドンドン

料理好きで、ひと頃日本料理を習いに行ったこともある妹は、ゆくゆくはそういう店をやりたいと思っていた、と乗ってきた。

ところで、わが一族は、大体が勤め人の野暮《やぼ》天揃《てんぞろ》いで、水商売は一軒もない。母方に雑貨屋と石屋があるきりである。遅まきながら実地に修業して「いらっしゃいませ」の感覚を身につけてもらわなくては、と考えた。

妹を仕込んで下さったのは青山の「越《こし》」である。六本木と赤坂、青山に支店を持つ「越」の社長月森氏は、面倒見のいい方で、

「女の子扱いしないけど、やれるかな」

と言いながら、レジスターからお運び、終りの一時期は板場にも入れて頂いた。

妹はここで十カ月ほどお世話になった。

末っ子のせいか甘ったれで、どちらかといえば不愛想だった妹の電話の声が、この間に別人のように愛想がよくなった。

赤坂に十五坪の出物があると知らせが入ったのは、この一月末であった。

その前に六本木表通りの角の靴屋の地下に、十二坪の居抜きのはなしがあったのだが、これは見送っている。

理由は、この道五十年というベテラン不動産屋の、

「履物屋《はきものや》の下の食べ物商売というのはねえ」

というひと言と、その頃、私の知人の間で起った二件の酒の上の転落事故である。万一の時、寝覚めの悪い思いはしたくない。

その点、赤坂は一階である。場所も広さも申し分なかったが、その代り権利金もいいお値段であった。これだけで、予算をオーバーしている。

しかし――「店は場所である」。

ローンを払い終った私のマンションを抵当に銀行融資の話もまとまったことだし、思い切ってここで勝負してみようということになった。三月一日大安吉日を選び正式契約。設計は髙島屋設計部。工事は北野建設が引受けて下さった。

私は担当の方に三つのお願いをした。

火、水、煙（空気）の基礎工事に関しては、予算を惜しまないで下さい。その代り、内装はケチって、その分センスでカバーして下さい。

カウンターや椅子《いす》の高さを低目にして下さい。

十代二十代のお若い方は別として、我ら中年には、リビングの家具もオフィスの机や椅子も少し背が高過ぎる。くつろぐためには、思い切って低目にしたかった。

デザインの平松健三氏は、これらの注文をみごとにこなして下さった。倉敷風の白壁にべんがら色の「のれん」だけがポイントのシンプルな日本調である。細長いウナギの寝床なので、従業員の更衣室は犠牲になったが、カウンター八席。四人のテーブルが三つ。奥に人数の融通の利《き》くテーブルが二つ。定員二十八だが詰めれば三十二人は入る。従業員は妹と板前さんとあと三人。

店の名は「ままや」。

社長は妹で私は重役である。資金と口は出すが、手は出さない。黒幕兼ポン引き兼気の向いた時ゆくパートのホステスということにした。

「ままや」のレタリングとマッチのデザインを決め、瀬戸へ食器の買いつけにゆく。大料亭ではあるまいし、吹けば飛ぶような小店で、わざわざ出かけるのは気恥ずかしかったが、もともと陶器は好きで、一度、窯場《かまば》を見たいと思っていたのと、気分を出したかった、というのが本当の気持であろう。瀬戸の方々のあたたかいもてなしは、これから始める新しい仕事への期待とダブって、思えば、一番楽しい時期であった。開店の引出物用に、箸置《はしお》き一万個をびっくりするようなお安い値段で分けていただけたのも、順風満帆《じゅんぷうまんぱん》のしるしと思われた。

ところが、帰ってみればこれいかに。工事が全然進捗《しんちょく》していない。床をハツって（引きはがして）みたら、もとの配水管に難があるという。喫茶店やバーなどのドライ・キッチンなら問題はないのだが、水使いの多い小料理屋のウェット・キッチンには問題があるというのである。あれほど念を押したのに今更そんなと絶句したが、契約をしてからでなくては、床はハツれないのである。専門家にタッチしてもらっていても、こういうハプニングが起る。徹底的にやり直すための費用、開店日の遅れをめぐって、かなり緊張したやりとりがあったが、関係者の誠意で、どうにか落着した。開店は予定より一月遅れて五月十一日となった。

おひろめ

蓮根のきんぴらや肉じゃがをおかずにいっぱい飲んで　おしまいにひとロライスカレーで仕上げをする――ついでにお惣菜のお土産を持って帰れる――そんな店をつくりました　赤坂日枝神社大鳥居の向い側通りひとつ入った角から二軒目です　店は小造りですが味は手造り　雰囲気とお値段は極《ご》くお手軽になっております　ぜひ一度おはこびくだ

さいまし
案内状の文面である。

開店当日は、みごとな大雨であった。

しかも、開店時刻の午後五時には、暴風雨である。それにしても、客が入らない。本日開店粗品差し上げますの看板は、雨に打たれているとはいえ、入口には、スターさんたちの生花が飾ってあるのに、みな、店内をのぞくだけで通り過ぎてしまう。

入りにくいのかしら。デザインがモダン過ぎたのか。従業員の手前、ニコニコしていたが、気持はこわばってきた。素直な気持で表から見てみよう。傘《かさ》を持って外へ出てアッと叫んだ。「準備中」の白い札がかかっていたのである。

外したとたん、どっと客が入ってきた。あとはもう、何が何だか判らない修羅場《しゅらば》であった。半分は縁故関係のお祝儀の客としても、大入り満員は嬉《うれ》しかった。ところが、思いがけないことも次々と起ったのである。

まず、人間の熱気と、店内の乾燥のせいであろう、大皿盛りのお惣菜が、乾いてしまう。カウンターの上に、肉じゃが、きんぴら、レバーのしょうが煮などの、すぐ出せるものを大皿盛りにして並べたのだが、これが見ている間にしわが寄り固くなってゆくのが判るのである。閑《ひま》をみては、浸《つ》け汁をかけるのだが、立てこんできては、そんなゆとりはなくなる。乾いたものは、もうひとつある。どうしたわけか伝票サイン用のボールペンが一斉《いっせい》に出なくなった。もっと困ったのは、手違いでレジスターが間に合わず、ソロバンで計算をしたのだが、これが、レジの湯沸し場のそばのせいか、しめり気で、ビニールのソロバン玉がくっついてしまい、一つ上げるつもりが、二つ三つ、一緒になってラチがあかない。文房具店が仕舞《しま》ったあとなので、近所の酒屋さんにかけ出して、電卓を拝借して急場をしのいだ。

初日にごはんが足りなくなったことも、あわてたことのひとつであった。

「お代りご自由」「ふりかけつき」は当店の売りもののひとつである。「ままや」にままがありませんでは落語にもならないが、あれはといですぐ炊いても五分十分で間に合うものではない。妹は、ボールを抱え、目を釣り上げて、お隣りの焼鳥屋の「わか」さんに馳《か》け出した。若旦那は、こころよく新米ママに、ままを貸して下すった。

九時すぎ、やっと雨もやみ、一見《いちげん》のお客も入って下さる。ほっとして表をみたら、開店祝いの花を抜いている人たちがおいでになる。

おもてへ飛び出して、丁重におとがめしたところ、逆《さか》ネジをくってしまった。「開店の花を持ってゆかれるのは、商売繁昌《はんじょう》のしるしである。有難いと思ってもらわなくちゃ」

仏さんのお花にしようと、赤いバラを抱えてゆくお年寄りや、少しお酒の入った女性方に、この方たちも、いずれはお客になる方かも知れないと思いながら、そんなしきたりは初耳の私は、ただびっくりするばかりであった。花は、閉店前に、スターたちの名札を残して、みごとに丸坊主になってしまった。

こんな調子で書いてゆくとキリがないのだが、OLや主婦の間に、しゃれた和食のお店をやってみたい、という方がかなりおいでになると聞くので、私たちのささやかな体験と失敗をもとにした、これだけは、知っておいた方《ほう》がお得ですよ、ということを書いてみる。

・冷蔵庫は大きく器は小さく

うちも冷凍冷蔵庫は特註だが、もっと大きくてよかった。その代り、食器は少し小さめの方がよい。私は、なまじ陶器には目があるとうぬぼれて、自分好みの食器を選んだが、失敗もあった。肉じゃが用の平鉢は、家庭用にはよいが、急いで運ぶ商売用となると、中でじゃがいもが運動会をしてしまう。小料理屋の器が底すぼまりの小鉢が多いのは、だらっと広がらず、はっきりいえば、少しの量で、盛《も》り映《ば》えがすることにある。もうひとつ、軟陶《なんとう》は、持った感じは、やわらかくあたたか味があるが欠け易《やす》いのが難である。家庭用と商売用は全く違うのである。

・資金より人脈を作るべし

店を作るのは、お金ではない。人間である。これは骨身にしみて判った。一人や二人の力では、逆立ちしても、店をオープンさせることは出来ないのである。資金は銀行が貸してくれるが、人脈を貸してくれるところはどこにもないのである。

幸い私たちの場合は、妹のもとつとめていた会社の上司同僚方が、心からのごひいきをして下さった。私の仕事仲間や友人たちが、つてからつてをたどって、デザイン、宣伝から、客引きまで引きうけてくれた。日頃は口げんかの多い弟や嫁いだ妹やその連れ合いも応援してくれ、「兄弟《けいてい》ニ友《ゆう》ニ夫婦相和《あいわ》シ」は、商売を始める時は、殊《こと》に大切であることを思い知った。

それにしても、私は、ついおととし、整理してしまった抽斗《ひきだし》いっぱいの名刺と、三年分の年賀状が残念でならない。店をはじめると知っていたら捨てるんじゃなかった。一人が二人、二人が四人、ガマの油ではないが客が客を連れてきて下さるのである。とにかく、三年五年前から、そのつもりで、つきあいをよくし、交友名簿の整理につとめることが大切である。

・ごみの置場に気をつけよ

「ままや」は、前しばらく空いていたこともあるのだろう、店のすぐ脇が、ごみ置場になっていた。路上にごみを出すことになっている以上、どこかに置かなくてはならないわけだが、食べもの商売の前にごみは有難くない。三カ月おきに場所を代るか、もう少しキチンとして出していただきたいと切に思うのだが、これも避けられたらこれに越したことはない。夏場の夜更け、スプレーを掛けに私は何度も表へとび出した。

・一にも健康二にも健康

店をやるには愛嬌《あいきょう》も度胸も大切である。しかし、もっともっと大切なのは健康である。どんなにくたびれても、笑っていられ、最悪の場合には、仕入れから板前さんの代理、はては床みがきご不浄の掃除までする体力がなくては、店はやれない。はたから見れば、しゃれているし面白そうだが、「たわむれに店はすまじ」である。汚ない仕事である。くたびれる商売である。それでもやれる体力と覚悟がなかったら、しない方がいい。

・実際にやった人に聞くこと

やりたい店と同じくらいの規模の店をみつけて、そこの人間に徹底的に聞くことである。私たちの場合も知らないための労力とお金の無駄がかなりあった。

はじめて四ヵ月。

雨の日も風の日もあったが、思いがけずお客がつき、おかげさまで、まだ大の字はつかないまでも、繁昌している。

黒幕とはいえ、「いらっしゃいませ」という立場に立ってみた時、私はこの二十五年、こういう店の客として、何と心ないことをしてきたことかと、反省させられた。

見ていると、この人は、店をやっているな、というお客は、気の遣い方が違うのである。立てこんでいる時、手のかかるものは頼まない。必ず、小声で礼を言う。下げ易《やす》いようにさりげなく片づける。混んでくると、すすんでカウンターに移動して下さる——こういう心遣いがどれほど店の人間にとって嬉《うれ》しいか、やった人間でなくては判らないであろう。

それにしても、夜原稿を書いていて店が気になって仕方がない。雨の日は特にそうである。ホステスとして出勤しようかなとウズウズする。ベンチを出たり入ったりする長島監督の気持がよく判るようになった。

皮むき

料理の過程で、一番緊張するのは味つけの瞬間であろう。

塩のひと振り、醬油《しょうゆ》一滴の差で、まろやかな美味になり、どうにも救いようのない困った代物《しろもの》になり果てる。

味つけの面白いところは、うす味のものは味をおぎなって濃く出来るが、その逆は駄目ということであろう。勝負は一瞬で決るのである。

それにくらべると、皮むきの作業はのどかで楽しい。

じゃがいもに包丁をあてるとそのすべり加減や、見えてくる白い肌の具合で、甘味や出来上がりのホクホクの度合いまで見当がついてくる。

たけのこの皮むき。蕗《ふき》の皮むき。

このふたつは特にたのしい。

たけのこは、もうこの辺でよそうか、と迷いながら、もう一枚もう一枚とむいてゆく面白さ。蕗はスーと一直線に縦にむけるいさぎよさが嬉《うれ》しいのである。

麻布の卵

戦後の食料難の一時期、母方の祖父母の家で居候《いそうろう》をしたことがあった。

父が地方へ転勤になり、学生だった私と弟はついてゆくわけにゆかず、預けられたのである。この頃、祖母がつくってくれた卵料理――料理というほど大げさなものではない、ほんのお惣菜《そうざい》なのだが、あまりほかで聞かない代物《しろもの》であった。

まず、小鍋にごはん茶碗いっぱいほどの湯を入れて煮立てる。そこへ、あ、多いな、入れ過ぎたな、と思われるほどの砂糖と醤油《しょうゆ》を入れる。砂糖は当時、貴重品だったのであろう、醤油味のほうが勝っていた。かなり濃い茶色のおつゆが吹き上ると、祖母は、あらかじめ割って丁寧《ていねい》にといてあった一個分の卵を、小鍋にいちどに注ぎ入れて、かき廻さずにほうって置く。

やがて卵は煮え上へ浮いてくる。祖母はゆっくりと箸《はし》で掻《か》き廻し、火鉢の火から離すように小鍋を持ち上げ、よく火が通ったところで食卓におろした。

炊きたてのあついご飯に、この卵の煮たの、というより卵入りのだし汁をかけてくれるのだが、これが何ともおいしいのである。

私はもともと卵があまり好きではなく、特に生卵や半熟卵の、あのトロリとした感触や生ぐささが苦手であったが、祖母の卵だけはおいしいと思った。

あのやり方だと一個の卵で二人分は出来た。ひとつの卵を二人でわけると、はじめのほうにズルンとした白身がいってしまい、あとの人間は、黄身の勝ったほうが残るのでいいが、長女の私はいつも白身のかかったご飯茶碗を眺めてかなしい思いをした。祖母のあの、つゆ沢山《だくさん》の卵の煮たのは、そういう不公平もなく、貧しいなりに、人の茶碗の中をうかがったりすることなく、安らかな気持で一片食《ひとかたけ》のご飯をたべることが出来た。

考えてみると、あの卵の食べ方には名前はなかった。私は、心の中でだが、「麻布の卵」とよんでいる。祖父母の家は麻布市兵衛町《いちべえちょう》にあった。

一個の卵を二人で食べて大きくなったから言うのではないが、昔、私の子供時分の卵は、一個で卵であった。おかしな言い方だが、そんな実感がある。昔の女は、ひとつの卵をどう料《りょう》るか、そんなところに女の才覚があったのかも知れない。

いまは、一個売りもあるのだろうが、都会に住む私たちに馴染《なじ》みの深いのはスーパーで、半ダース、一ダースずつプラスチックのケースに入った卵である。

殻がうすく、プラスチックケースのはずし方をしくじると、中の卵にひびが入ったり割れたりする。黄身も白っぽく、割っても、盛り上らない。

昔の卵は、もっと堂々としていた。

殻は固かったし、割ると、白身も黄身もピカッとして、小鉢の中で、いかにも命があるように、かさ高く盛り上っていた。滋養がありそうな気がした。

祖母や母は、卵を割ったあと、必ず殻に残ったものをチュッと吸い、更《さら》に殻を父の丹精していた万年青《おもと》の根方に逆さに埋めて、肥料にしていた。卵がどれほどのこやしになったのか知らないが、万年青は、濃い緑の、分厚いはっぱで、一年中家族の目をたのしませてくれた。

遠足や運動会のお八つに、茹《ゆ》で卵はキャラメルとならんで大スターであった。

半熟だといけない、といつもより用心して長い時間茹でたのであろう、お尻のところに、茹で過ぎの青い色が出ていた。運動会や遠足の帰りにはいつも茹で卵を食べすぎたゲップが出た。

書いていて思い出したのだが、父と弟と三人で釣にゆき、雨に逢ったことがあった。雨を避けた農家でお弁当を使わせてもらったが、そのとき、お茶といっしょに出た卵がおいしかった。いろりのワラ灰の中に埋めて、蒸し焼にしたものだという。

灰まみれの殻は、やけどしそうに熱く、私も弟も父にむいてもらったのだが、ほっこりとして、今まで食べたどの茹で卵より味に重味があるような気もした。父も、ずい分あとになるまでその日の卵のおいしさを口にしていた。

おしまいに、この頃、私がよく作るお手軽な卵料理をひとつご披露《ひろう》しましょう。

卵をひとりあて一個茹でて、糸で輪切りにして一人分の小鉢にならべる。

そこへ、熱くした濃いカレー・ソースをかけるだけなのだが、カレーは「デリー」のがおいしい。「デリー」は、カレー粉を全く使わず、さまざまなスパイスだけで味を出した本格的なカレーで、私はデパートの売場でこれをみつけ、たまたまアフリカのインド人の店で、本式のカレーを食べて帰った直後なのですっかり気に入ってしまい、よく利用している。中に何にも実が入っていないカレー・ソースだけを、インド、チキン、など各種の味にわけてパックで売っている。私はインド、という味が好きで、この横着卵も、「デリー」のカレーを食べて思いついた代物である。これも一個の卵で、オードブルなら二人前は大丈夫である。物のない時に育ったせいか、よくよく人間が始末に出来ているのである。

「食らわんか」

親ゆずりの〝のぼせ性〟で、それがおいしいとなると、もう毎日でも食べたい。新らっきょうが八百屋にならぶと、早速《さっそく》買い込んで醬油《しょうゆ》漬けをつくる。わが家はマンションで、ベランダもせまく、本式のらっきょう漬けができないので、ただ洗って水気を切ったのを、生醬油《きじょうゆ》に漬け込むだけである。二日もすると食べごろになるから、三つ四つとり出してごく薄く切って、お酒の肴《さかな》やご飯の箸《はし》休めにするのである。化学調味料を振りかけたほうがおいしいという人もいるが、私はそのままでいい。

外側が、あめ色に色づき、内側にゆくほど白くなっているこの新らっきょうの醬油漬けは、毎年盛る小皿も決っている。大事にしている「くらわんか」の手塩皿である。「くらわんか」というのは、食らわんか、のことで、食らわんか舟からきた名前である。

江戸時代に、伏見・大坂間を通った淀川を上下する三十石舟《さんじっこくぶね》の客船に、小さい、それこそ亭主が漕いで、女房が手づくりの飯や惣菜《そうざい》を売りに来た舟のことを言うらしい。「食らわんか」と、声をかけ、よし、もらおうということになると、大きい船から投げおろしたザルなどに、厚手の皿小鉢をいれ商いをしていたらしい。言葉遣いも荒っぽく、どうやらもぐりだったらしいが、大坂城を攻めたときに徳川家康方の加勢をしてなにか手柄があったらしい。そんなことからお目こぼしにあずかっていた、と物の本にも書いてある。

この食らわんか舟は、飯や惣菜だけでなく、もっと白粉《おしろい》臭い別のものも「食らわんか」というようになったというが、そっちのほうは私には関係ない。この連中が使った、落としても割れないような、丈夫一式の、焼き物が、食らわんか茶碗などと呼ばれて、かなりの値段がつくようになってしまった。汚れたような白地に、藍《あい》のあっさりした絵付けが気に入って、五枚の手塩皿は、気に入った季節のものを盛るとき、なくてはならないいれものである。

「食らわんか」ではじまったから言うわけではないが、どうも私は気取った食べものは苦手である。ほかのところでは、つまり仕事のほうや着るもの、言葉遣いなどは、多少自分を飾って、気取ったり見栄をはったりして暮している。せめてうちで食べるものぐらいは、フォアグラに衿《えり》を正したり、キャビア様に恐れ入ったりしないで食べたい。

ついこの間、半月ばかり北アフリカの、マグレブ三国と呼ばれる国へ遊びにいった。チュニジア、アルジェリア、モロッコである。オレンジと卵とトマトがおいしかったが、羊の匂いと羊の肉にうんざりして帰ってきた。

日本に帰って、いちばん先に作ったものは、海苔《のり》弁である。

まずおいしいごはんを炊《た》く。

十分に蒸らしてから、塗りのお弁当箱にふわりと三分の一ほど平らにつめる。かつお節を醬油でしめらせたものを、うすく敷き、その上に火取《ひど》って八枚切りにした海苔をのせる。これを三回くりかえし、いちばん上に、蓋《ふた》にくっつかないよう、ごはん粒をひとならべするようにほんの少し、ごはんをのせてから、蓋をして、五分ほど蒸らしていただく。

もったいぶって手順を書くのがきまり悪いほど単純なものだが、私はそれに、肉のしょうが煮と塩焼き卵をつけるのが好きだ。

肉のしょうが煮といったところで、ロースだなんだという上等なところはいらない。コマ切れでいい。ただし、おいしい肉を扱っている、よく売れるいい肉屋のコマ切れを選ぶようにする。醬油と酒にしょうがのせん切りをびっくりするくらい入れて、カラリと煮上げる。

塩焼き卵は、うすい塩味だけで少し堅めのオムレツを、卵一個ずつ焼き上げることもあるし、同じものを、ごく少量のだし汁でのばして、だて巻風に仕上げることもある。ずいぶん長い間、この二とおりのどちらかのものを食べていたのだが、去年だったろうか、陶芸家の浅野陽《あきら》氏の「酒呑みのまよい箸」という本を読んで、もうひとつレパートリーがふえた。浅野氏のつくり方は、塩味をつけた卵を、支那鍋で、胡麻油を使って、ごく大きめの中華風のいり卵にするのである。

これがおいしい。これだけで、酒のつまみになる。塩と胡麻油、出逢いの味、香りが何ともいい。黄色くサラリと揚がるところもうれしくて、私はずいぶんこの塩焼き卵に凝《こ》った。

ほかにおかずもあるのに、なんでまた海苔弁と、しょうが煮、卵焼きの取り合わせが気に入ったのかといえば、答はまことに簡単で、子供の時分、お弁当によくこの三つが登場したからである。

「すまないけど、今朝はお父さんの出張の支度《したく》に手間取ったから、これで勘弁してちょうだいね」

謝りながら母が瀬戸の火鉢で、浅草海苔を火取っている。

「なんだ、海苔弁?」

子供たちは不服そうな声を上げる。

こういうとき、次の日は、挽き肉のそぼろといり卵ののっかった、色どりも美しい好物のおかずが出てくるのだが、いまにして考えれば、あの海苔弁はかなりおいしかった。

ごはんも海苔も醤油も、まじりっ気なしの極上だった。かつお節にしたって、横着なパックなんか、ありはしなかったから、そのたびごとにかつお節けずりでけずった。プンとかつおの匂いのするものだった。

あのころ、ごはんを仕掛けたお釜《かま》が吹き上がってくると、木の蓋の上に母や祖母は、折りたたんだ布巾《ふきん》をのせた。湯気でしめらせた布巾で、かつお節を包み、けずりやすいように、しめりを与えるのである。

かつお節は、陽にすかすと、うす赤い血のような色に透き通り、切れ味のいいカンナにけずられて、みるからに美しいひとひらひとひらになった。なんでも合成品のまじってしまった昨今では、昔の海苔弁を食べることはもう二度とできないだろう。

ひとりの食卓で、それも、いますぐに食べるというときは、お弁当にしないで、略式の海苔とかつお節のごはんにするのだが、これに葱《ねぎ》をまぜるとおいしい。

葱は、買いたての新鮮なものを、白いところだけ、一人前二センチもあれば十分である。よく切れる包丁で、ごくうすく切る。それを、さらさないで、醬油とかつお節をまぶし、たきたてのごはんにのせて、海苔でくるんでいただくのである。あっさりしていて、とてもおいしい。

風邪気味のときは、葱雑炊《ぞうすい》というのをこしらえる。

このときの葱は、一人前三センチから五センチはほしい。うすく切り、布巾に包んで水にさらす。このさらし葱を、昆布とかつお節で丁寧《ていねい》にとっただし（塩、酒、うす口醬油で味をととのえる）にごはんを入れ、ごはん粒がふっくらとしたところで、このさらし葱をほうり込み、ひと煮立ちしたところで火をとめる。とめ際に、大丈夫かな？ と心配になるくらいのしょうがのしぼり汁を入れるのがおいしくするコツである。

ピリッとして口当りがよく、食がすすむ。体があったまって、いかにも風邪に効く、という気がする。風邪をひくと、私は、おまじないのようにこの葱雑炊をつくり、あたたまって早寝をする。大抵の風邪はこれでおさまってしまう。

十年ほど前に、少し無理をしてマンションを買った。

気持のどこかに、うちを見せたい、見せびらかしたいというものが働いたのであろう、あのころの私はよく人寄せをして嬉《うれ》しがっていた。

今ほど仕事も立て込んでいなかったから、まめに手料理もこしらえ、これも好きで集めている瀬戸物をあれこれ考えて取り出し、たのしみながら人をもてなした。

もてなした、といったところで、生れついての物臭《ものぐさ》と、手抜きの性分なので、書くのもはばかられるほどの、献立《こんだて》だが。そのころから今にいたるまで、あきたかと思うとまた復活し、結局わが家の手料理ということで生き残っているものは、次のものである。

若布《わかめ》の油いため

豚鍋

トマトの青じそサラダ

海苔吸い

書くとご大層に見えるが、材料もつくり方もいたって簡単である。

少し堅めにもどした若布（なるべくカラリと干し上げた鳴門《なると》若布がいい）を、三センチほどに切り、ザルに上げて水気を切っておく。

ここで、長袖のブラウスに着替える。ブラウスでなくてもTシャツでもセーターでもいい。とにかく、白地でないこと、長袖であることが肝心である。大きめの鍋の蓋を用意する。これは、なるべくなら木製が好ましいが、ない場合は、アルマイトでも何でもよろしい。

次に支那鍋を熱して、サラダ油を入れ、熱くなったところへ、水を切ってあった若布をほうり込むのである。

物凄《ものすご》い音がする。油がはねる。

このときに長袖が活躍をする。

左手で鍋蓋をかまえ、右手のなるべく長い菜箸《さいばし》で、手早く若布をかき廻す。若布はアッという間に、翡翠《ひすい》色に染まり、カラリとしてくる。そこへ若布の半量ほどのかつお節（パックのでもけっこう）をほうり込み、一息入れてから、醤油を入れる。二息三息して、パッと煮上がったところで火をとめる。

これは、ごく少量ずつ、なるべく上手《じょうて》の器に盛って、突き出しとして出すといい。

「これはなんですか」

おいしいなあ、と口を動かしながら、すぐには若布とはわからないらしく、大抵のかたはこう聞かれる。

一回いしだあゆみ嬢にこれをご馳走したところ、いたく気に入ってしまい、作り方を伝授した。

次にスタジオで逢ったとき、

「つくりましたよ」とニッコリする。

「やけどしなかった？」とたずねたら、あの謎めいた目で笑いながら、黙って、両手を差し出した。

白いほっそりした手の甲に、ポツンポツンと赤い小さな火ぶくれができていた。

長袖のセーターは着たが、鍋の蓋を忘れたらしい。

鍋の蓋をかまえる姿勢をしながら、私は、この図はどこかで見たことがあると気がついた。

子供の時分に、うちにころがっていた講談本にたしか塚原卜伝《ぼくでん》のはなしがのっていた。

卜伝がいろりで薪《まき》をくべている。

そこへいきなり刺客《しかく》が襲うわけだが、卜伝は自在かぎにかかっている鍋の蓋を取り、それで防いでいる絵を見た覚えがある。それで木の蓋にこだわっていたのかもしれない。

豚鍋のほうは、これまた安くて簡単である。

材料は豚ロースをしゃぶしゃぶ用に切ってもらう。これは、薄ければ薄いほうがおいしい。透かして新聞が読めるくらい薄く切ったのを一人二百グラムは用意する。食べ盛りの若い男の子だったら、三百グラムはいる。それにほうれん草を二人で一把《いちわ》。

まず大きい鍋に湯を沸かす。

沸いてきたら、湯の量の三割ほどの酒を入れる。これは日本酒の辛口がいい。できたら特級酒のほうがおいしい。

そこへ、皮をむいたにんにくを一《ひと》かけ。その倍量の皮をむいたしょうがを、丸のままほうり込む。

二、三分たつと、いい匂いがしてくる。

そこへ豚肉を各自が一枚ずつ入れ、箸で泳がすようにして（ただし牛肉のしゃぶしゃぶより多少火のとおりを丁寧に）、レモン醬油で食べる。それだけである。

レモン醬油なんぞと書くと、これまた大げさだが、ただの醬油にレモンをしぼりこんだだけのこと。はじめのうちは少し辛めなので、レンゲで鍋の中の汁をとり、すこし薄めてつけるとおいしい。

ひとわたり肉を食べ、アクをすくってから、ほうれん草を入れる。

このほうれん草も、包丁で細かに切ったりせず、ひげ根だけをとったら、あとは手で二つに千切《ちぎ》り、そのままほうりこむ。これも、さっと煮上がったところでやはりレモン醬油でいただく。

豆腐を入れてもおいしいことはおいしいが、私は、豚肉とほうれん草。これだけのほうが好きだ。

あとにのこった肉のだしの出たつゆに小鉢に残ったレモン醬油をたらし、スープにして飲むと、体があたたまっておいしい。

これは、不思議なほどたくさん食べられる。豚肉は苦手という人にご馳走《ちそう》したら、誰よりもたくさん食べ、以来そのうちのレパートリーに加わったと聞いて、私もうれしくなった。

何よりも値段が安いのがいい。スキヤキの三分の一の値段でおなかいっぱいになる。

トマトの青じそサラダ、これもお手軽である。トマトを放射状に八つに切り、胡麻油と醬油、酢のドレッシングをかけ、上に青じそのせん切りを散らせばでき上がりである。

にんにくの匂いを、青じそで消そうという算段である。

このサラダは、白い皿でもいいが、私は黒陶の、益子《ましこ》のぼってりとした皿に盛りつけている。黒と赤とみどり色。自然はこの三つの原色が出逢っても、少しも毒々しくならずさわやかな美しさをみせて食卓をはなやかにしてくれる。

酒がすすみ、はなしがはずみ、ほどたったころ、私は中休みに吸い物を出す。これが、自慢の海苔吸いである。

だしは、昆布でごくあっさりととる。

だしをとっている間に、梅干しを、小さいものなら一人一個。大なら二人で一個。たねをとり、水でざっと洗って塩気をとり、手でこまかに千切っておく。

わさびをおろす。海苔を火取って（これは一人半枚）、もみほごしておく。気の張ったお客だったら、よく切れるハサミで、糸のように切ったら、見た目もよけいにおいしくなる。

なるべく小さいお椀《わん》に（私は、古い秀衡《ひでひら》小椀を使っている）、梅干し、わさび、海苔を入れ、熱くしただしに、酒とほんの少量のうす口で味をつけたものを張ってゆく。

このときの味は、梅干しの塩気を考えて、少しうす目にしたほうがおいしい。

この海苔と梅干しの吸い物は、酒でくたびれた舌をリフレッシュする効果があり、上戸下戸《じょうごげこ》ともに受けがいい。

ただし、どんなに所望《しょもう》されても、お代りをご馳走しないこと。こういうものは、もういっぱいほしいな、というところで、とめて、心を残してもらうからよけいおいしいのである。

ありますよ、どうぞどうぞと、二杯も三杯も振舞ってしまうと、なあんだ、やっぱり梅干しと海苔じゃないか、ということになってしまう。ほんの箸洗いのつもりで、少量をいっぱいだけ。少しもったいをつけて出すところがいいのだ。

十代は、おなかいっぱい食べることが仕合せであった。二十代は、ステーキとうなぎをおなかいっぱい食べたいと思っていた。

三十代は、フランス料理と中華料理にあこがれた。アルバイトにラジオやテレビの脚本を書くようになり、お小遣いのゆとりもでき、おいしいと言われる店へ足をはこぶこともできるようになった。

四十代に入ると、日本料理がおいしくなった。量よりも質。一皿でドカンとおどかされるステーキより、少しずつ幾皿もならぶ懐石料理に血道を上げた。

だが、おいしいものは高い。

自分の働きとくらべても、ほんの一片食《ひとかたけ》のたのしみに消える値段のあまりの高さに、おいしいなあと思ってもらした感動の溜息よりも、もっと大きい溜息を、勘定書きを見たときつくようになってしまった。このあたりから、うちで自分ひとりで食べるものは、安くて簡単なものになってしまった。

大根とぶりのかまの煮たもの

小松菜と油揚げの煮びたし
貝柱と蕗《ふき》の煮たもの

閑《ひま》があると、こんなものを作って食べている。そして、はじめに書いたように、海苔とかつお節。梅干し。らっきょう。

友達とよく最後の晩餐というはなしをする。

これで命がおしまいということになったとき、何を食べるか、という話題である。

フォアグラとかキャビアをおなかいっぱい食べたいという人もいるらしいが、私はご免である。フォアグラもおいしいし、キャビアも大好きだが、最後がそれでは、死んだあとも口中がなまぐさく、サッパリとしないのではないだろうか。

私だったら、まず、煎茶《せんちゃ》に小梅で口をサッパリさせる。

次に、パリッと炊き上がったごはんにおみおつけ。

実《み》は、豆腐と葱でもいいし、若布、新ごぼう、大根と油揚げもいい、茄子《なす》のおみおつけもおいしいし、小さめのさや豆をさっとゆがいて入れたのも、歯ざわりがいい。たけのこの姫皮のおみおつけも好物のひとつである。

それに納豆。海苔。梅干し。少し浅いかな、というくらいの漬け物。茄子と白菜。たくあんもぜひほしい。

上がりに、濃くいれたほうじ茶。ご馳走さまでしたと箸をおく、と言いたいところだが、やはり心が残りそうである。

あついごはんに、卵をかけたのも食べたい。

ゆうべの塩鮭の残ったのもあった。

ライスカレーの残ったのをかけて食べるのも悪くない。

よけいめに揚げた精進揚《しょうじんあ》げを甘辛く煮つけたのも、冷蔵庫に入っている。あれも食べたい。友人から送ってきた若狭《わかさ》がれいのひと塩があった。あれをさっとあぶって——とキリがなくなってしまう。

こういう節約《しまつ》な食事がつづくと、さすがの私も油っこいものが食べたくなってくる。豚肉と、最近スーパーに姿を見せはじめたグリンピースの苗を、さっといため合わせ、上がりにしょうがのしぼり汁を落として、食べたいなどと思ったりする。

こういう熱心さの半分でもいい。エネルギーを仕事のほうに使ったら、もう少し、マシなものも書けるかもしれないと思うのだが、まず気に入ったものをつくり、食べ、それから遊び、それからおもしろい本を読み、残った時間をやりくりして仕事をするという人間なので、目方の増えるわりには、仕事のほうは大したことなく、人生の折り返し地点をとうに過ぎてしまっている。

早いが取り柄手抜き風

たしか阿久悠さんの作詩だったと思います。

〝お酒はぬるめの燗《かん》がいい
肴《さかな》はあぶった烏賊《いか》でいい〟

というのがありました。

私は酒は熱燗か思い切って冷やしていただくのが好きですが、肴に関しては、あぶった烏賊が理想だと思っています。

残念ながら、東京にはあぶっただけでおいしい烏賊は手に入らないので、仕方なくあれこれ作ったりしております。

我が家で、最近うけた酒の肴を申上げてみますと、

「トロのつけ焼」

刺身の残りもので作ってうけました。

金網で生醤油《きじょうゆ》だけのつけ焼にします。表面は狐色、中まで火が通ったかどうかというところがおいしい。

「アボカドの刺身」

一個のアボカドで、五、六人前は出来ます。種子を除いて、刺身より薄目に切ります。いい皿に三切れほど、チョンと盛り、わさび醤油をそえます。ツマは茗荷《みょうが》が合うように思います。

「枝豆の醤油煮」

鋏《はさみ》でサヤの両端を切ったりなどという洒落《しゃれ》たことはしません。枝から手で千切《ちぎ》っただけを、塩磨きして、生毛《うぶげ》だけを除いておきます。さっと茹《ゆ》で、酒、醤油、味醂《みりん》にほんのすこし水を足し煮ただけのものです。出汁《だし》もかつお節など使わず、水だけという荒っぽいものですが、このほうが自然の味でおいしいと思います。大鉢に山と盛って出します。

「若布《わかめ》の炒めもの」

鳴門《なると》若布をすこし固目《かため》にもどします。三センチほどに切り、よく水を切っておきます。

ここで長袖のシャツに着替え、鍋蓋《なべぶた》を用意しておきます。フライパンを熱くして、サラダオイルに胡麻油少々をまぜたものを少し多目に入れ、水切りをした若布をほうり込みます。

物凄《ものすご》い音がして、油が飛びます。用意の鍋蓋で、塚原卜伝《ぼくでん》風に防ぎます。長い菜箸《さいばし》でかき廻すと、一分ぐらいでみごとな翡翠《ひすい》色になります。

そこへかつお節をひとつかみ（パックで結構）と醤油を入れ、ジャーとかきまぜて出来上りです。

私は取っておきの双魚の青磁の皿に、ほんのぽっちり盛って、勿体《もったい》ぶって出すことにしています。「これは何だろう」という顔で食べてくださいます。

「手巻き」

何でもあり合せのものを、手巻き風に海苔《のり》で巻きます。

山芋があれば、山芋を擂《す》って小さい擂鉢《すりばち》ごと出し、山葵《わさび》と海苔を出して、ご自分でどうぞと申します。何もないときは、山芋の代りがご飯になります。山葵がないときは、かつお節を醤油でしめしたものや、葱《ねぎ》のみじん切りにすることもあります。

山芋もご飯も、ほんのすこし、茶さじいっぱいほどを、海苔にくっつけるようにして、山葵をのせ、くるりと巻いて小皿の醤油をつけて頂くのです。今日は魯山人《ろさんじん》の俎皿《まないたざら》に盛り、吸坂《すいさか》の田鴫《たしぎ》を描いた気に入りのお手塩を使ってみました。

お酒吞《の》みのなかには、おなかに何も入れずぐいぐいと頂く人も多いので、おなかにたまるものを先にすすめておくことにしているのです。

お気に入り

思いもうけて……

よそのうちでご馳走《ちそう》になるものは、何故《なぜ》おいしいのだろう。「方丈記」か「枕草子」か忘れてしまったが、昔の人はうまいことを言う。

「思いもうけて」食べるからだというのである。思いもうけて、というのは、期待する、という意味であろう。

私は、仕事には全くの怠け者だが、こと食べることにはマメな人間で、お招《よ》ばれ、ということになると、前の晩から張り切ってしまう。お招きの席がフランス料理らしいと見当がつくと、前の晩は和食にする。締切りの原稿はおっぽり出してもよく眠り体調を整える。朝もお昼も重からずさりとてあまりに軽からず気をつけて夜に備える。くれぐれもお昼を抜いたりしてはいけない。あまりに空腹だと物の味がわからず、おなかがグーと鳴ったりして恥をかくし落着かないからである。

夕方には必ずお風呂に入る。ドレスもあまりウエストをしめつけない形を選び、香水も頂くものの香りを損《そこな》わぬよう控え目につける。私はこうしている時が一番楽しい。つまり「思いもうけて」いるからであろう。

此《こ》の頃は、デパートや駅に味の名店も多く出店するようになり、名の通ったおいしいものも、ちょっと足を伸ばせば手軽に手に入るようになった。そのせいか、以前にくらべて、多少有難味《ありがたみ》がうすくなったような気がする。

そんな気持も手伝って、私は時々手間をかけておいしい物を取り寄せる。

「吉野《よしの》拾遺《しゅうい》」もそのひとつである。奈良の松屋本店尾上《おのえ》という少し変った名前の店の名菓で、土地の名産吉野葛《くず》にうっすらと甘味をつけて干菓子《ひがし》風にひとつずつ薄紙に包んだものである。そのままでもいいが、よく温めた深目の湯呑み茶碗に入れ熱湯を注ぐと実に品のいい極上の葛湯が出来上る。母親に届けて日頃の親不孝の埋合せをしたり、病人の見舞いに使っている。いつぞや、胃の手術をした人に贈ったところ、何も受けつけない状態だったが、これだけは喉《のど》を通りました、と礼を言われたことがあった。冬場の風邪の見舞いや、お年寄りのごきげん伺《うかが》いにもいいと思う。

もうひとつと言われたら「鶯宿梅《おうしゅくばい》」をおすすめしたい。

梅干の、皮も種子も除いた実に、細切りの昆布などをまぜこんで作った珍味である。これは北九州小倉のもの。手焼きのしゃれた小壺《こつぼ》に入ってくる。あけると、まず紫蘇《しそ》の葉、その下から天神様があらわれる。梅干の種子を割ると中に入っている白い核である。子供の頃、あれを食べると、天神様の罰《ばち》があたって字が下手《へた》になるとおどかされたが、不惑《ふわく》を越え、これ以上の下手はない悪筆だから安心して頂戴《ちょうだい》している。ほろ苦くておいしい。食べ終った小壺には塩辛を入れて食膳にのせたり人に贈ったりして使っている。

この鶯宿梅を、あるフランス人に進呈したところ、名前のいわれを問われ、うろ覚えで恥をかいたので字引きを引いて調べた。

村上天皇が、清涼殿《せいりょうでん》の梅が枯れたので、紀貫之の娘の庭の紅梅を移植させたが、彼女が「勅《ちょく》なればいともかしこし鶯《うぐひす》の宿はと問はばいかが答へむ」という歌をつけて奉ったので、梅を返されたという故事に因《ちな》んでいるという。「大鏡」や「拾遺《しゅうい》和歌集」にのっているらしい。

「大鏡」や「増鏡」——学生の頃にもう少し勉強しておけばよかったな、と思いながら、まっ白なごはんに黒い海苔《のり》。うす赤い鶯宿梅を箸《はし》の先にからめて、小壺の底をのぞき惜しみながら頂くのも風情《ふぜい》のあるものである。

遠くのものを取り寄せるのは手間ひまがかかる。郵便局で為替《かわせ》の行列に並んだりするのは確かにおっくうだ。鶯などという字は書くだけでも骨である。これも「思いもうける」うちなのだ。お金を送り、もうぼつぼつ着く時分だとソワソワし、着いたら誰と誰にお裾《すそ》分《わ》けしようかと考えながら待つひとときがあるからこそおいしいのである。

イタリアの鳩

もう一年以上も前になるが、体をこわして一ヵ月ほど入院したことがある。待ったなしの急病で、書きかけの「寺内貫太郎一家Ⅱ」の脚本もあと二本を残して中断し、あちこちへ迷惑をかけての入院だったから、この機会に日頃いい加減な執筆態度を反省し、併《あわ》せて次の作品の構想を練ろう――いや、それよりもまず、女ひとりの人生後半をいかに生きるべきか、じっくりと考えてみよう……。ところが、殊勝《しゅしょう》だったのは志だけで、現実にベッドの上で考えたのは、退院したらどこの何を食べようかということだった。

私には、身に過ぎた有難《ありがた》い友人が沢山《たくさん》いて、好きな店で退院祝いをしてあげようといって下さる。その友情に応えるためにも、私は行きたい店、食べたいもののリストを作らねばならなかった。

「小川軒」のオードブルと薄焼ステーキ。赤坂の「天茂」の天どん。銀座「東興園」のチャーシュウメンと焼売《シュウマイ》。いやその前に「楼外楼《ろうがいろう》」へ行かなくちゃ。老酒《ラオチュー》に漬けて酔っぱらったカニを前菜にして、フカのひれの姿煮とエビのお団子と——あとは主人の徐さんと相談してメニューを決めることにしよう。

油濃いものばかりつづくのもなんだから、渋谷の「弥助」もいいなあ。フグのうす作りに越前がに。フグ雑炊でシメようか。

おひるは何といっても神田の「藪《やぶ》そば」がいい。穴子南ばんにせいろを一枚追加して、おみやげに練り味噌をおねだりしよう。

おすしもいい。材木町NETテレビ横の「山路」か青山の「司ずし」——と書きかけて、本命を忘れていたことに気がついた。

「ラ・アリタリア」である。

オードブルはムール貝のジェノバ風にしよう。たこ焼きを焼く時のような凹《へこ》みのついた陶器の皿で、ムール貝がにんにくバターの中でジュクジュクと煮えたぎっている。思っただけでツバキがたまってくる。

お次が魚のスープ。ブイヤベースから実を抜いたものである。こんがり焼いたフランスパンの薄切りを浮かし、粉チーズをたっぷりかけて——ああ、考えただけでよだれが出る。

メイン・ディシュは、オーソ・ブッコ。なかったら、牛肉のマルサラ・ソースか、たこのなんとか風。一度に一種類しか食べられないのは無念だから、友人には別のを取ってもらって半分こということにしよう。

デザートは――これまた盛《も》り沢山である。あっさり口ならヨーグルトのスフレだが、自家製の果物のパイやプディングもおいしいし――。いろいろ盛り合せでもらうことにして、最後はコーヒー・エスプレッソ。ああ……。

というわけで、退院第一日目は、「ラ・アリタリア」ということになった。

この店を教えて下さったのは寺内貫太郎こと小林亜星氏である。

「なにがおいしいんですか」

と聞いたら、断固として命令口調で一言。

「全部おいしいです。すぐいらっしゃい」

私は、次の日のおひるになるのを待ちかねて出かけていった。そして感動して、この店のファンになった。

代官山通りの、小ぢんまりした店である。ひげを生やしておっとりしたご主人と、ポパイの漫画に出てくるオリーブ・オイルを美人にしたようなテキパキした奥さん、そして、実に気持のいい数人のオニイさんたちでやっている店である。

台所の延長のような気取りのなさがまず嬉《うれ》しい。ナイフ、フォークはイタリアの古いものを磨いて使っているというそのセンスも素敵である。

この春に九段上に「ラ・コロンバ」という支店を出した。ご主人がインテリアに凝《こ》って、もと倉庫だったとは信じられないしゃれた店である。調理場との境にガラスの衝立てがあって、この店の名「鳩」がレリーフになっている。そのかげから、まるで手品師がシルクハットから鳩を出すように、次から次へとみごとな料理が出てくるのである。

幻のソース

よそでおいしいものを頂いて、「うむ、この味は絶対に真似して見せるぞ」という時、私は必ず決った姿勢を取ることにしています。

全身の力を抜き、右手を右のこめかみに軽く当てて目を閉じます。レストランのざわめきも音楽も、同席している友人達の会話もみな消えて、私は闇《やみ》の中にひとり坐って、無念無想でそのものを味わっているというつもりになるのです。

どういうわけか、この時、全神経がビー玉ほどの大きさになって、右目の奥にスウッと集まるような気がすると、「この味は覚えたぞ」ということになります。

名人上手の創った味を覚え、盗み、記憶して、忘れないうちに自分で再現して見る――これが私の料理のお稽古《けいこ》なのです。

「頭でも痛いのですか」

知らない方はこう心配されます。私はロダンの〝考える人〟か目を閉じて指揮をするカラヤンのつもりですが、口の悪い友人は、座頭市とメシを食っているようだと申します。どうも時々白目を出すらしいのです。言いたい人間には言わせて置け。楽譜もなければ方程式もない〝味〟を覚えようというのです。格好をかまってはいられません。

このやり方で、私は若竹椀《わん》や沢煮椀、醤油《しょうゆ》ドレッシングやにんにく玉子などの料理をわがレパートリーに加えることが出来ました。大抵の料理は、ちょっとしたコツを板前さんに聞く程度で、何とか近い味を再現出来たのですが、ただひとつ、どこからどう取りついたらいいのか途方に暮れた味がありました。

五年ほど前にパリで食べたペッパー・ステーキにかかっていたソースです。オペラ座の前の地下にある小ぢんまりした店で、アマリア・ロドリゲスのファドを聴いた時のディナーに出たものでした。

茶褐色のコクのあるソースは、重い凄味《すごみ》のある味で私を圧倒しました。私の四十何年かの食の歴史で初めて出逢った味でした。何と何をどうして作ったのか見当もつかないままに、私はいつものように右手をこめかみに当て、味を覚えようと目を閉じました。

舞台では、黒いドレスのアマリア・ロドリゲスが、その頃パリで流行《はや》り始めていた「オ・

シャンゼリゼ」の歌唱指導をしています。あまり大きい声で歌うと、覚えた味を忘れそうなので小さな声で唱和しました。帰りの飛行機の中でも度々《たびたび》、覚えた味を反芻《はんすう》しながら、ご一緒した澤地久枝女史に、日本へ帰ったら同じものを作ってご馳走《ちそう》するわねと約束しました。さあ、こうなったら後へは引けません。

東京に着いて時差ボケが直るとすぐ、私はフランス料理の本をめくり、辻静雄著『たのしいフランス料理』の中に、このソースの作り方が出ていることをつきとめました。

正式の名前はグラス・ド・ヴィアンド（濃く煮つめた肉汁）でした。材料表を見、作り方を読んで、腰が抜けそうになりました。出来上り五リットルとして、牛のスネ肉三キロ、仔牛のスネ肉二キロ、仔牛の骨一キロ、バター二百グラム、にんじん、玉葱《たまねぎ》、ポロ葱各二百グラム、セロリ七十グラム、ブーケ・ガルニ、ニンニク一個、粒胡椒《つぶこしょう》十粒、丁子《ちょうじ》一本、水八リットル、塩十五グラム——。

これを、砕き、叩き、順に重ね、いため、沸騰させ、火を弱め、放置して汗をかかせ、五時間煮つめ、強火であおって壁を作り、とろ火にして、骨に汁をそそぎかけてぬらし、また三時間煮つめて溶かし、あくを取り、脂をすくい、裏ごしして、また水を加えて数時間煮て——きりがないのでやめますが、とにかく、十数時間かかるのです。

私は作りました。

汗だくだくの一日の終りに、小鍋いっぱいの茶色いジェリーのもとのようなソースが出来たのです。早速《さっそく》ペッパー・ステーキを作り、右手をこめかみにあてがい目を閉じ、ビー玉を右目の奥に寄せて味わって見ました。似ています。「オ・シャンゼリゼ」です。

すぐ澤地久枝女史に電話して成功を告げ、植田いつ子女史も誘って近々に試食会を開きましょうと大きく出たのですが、残念ながらこれは実現しませんでした。毎週一回来てくれるお手伝いが、傷んだ煮凝《にこご》りと間違えて捨ててしまったのです。パリで食べたあの味もたった一回しか味わえなかったわが幻のソースの味も、日に日に遠いものになっていますが、あの日の苦労がこたえたのでしょう、フランス料理のソースは残さずパンで拭って食べる習慣が身につきました。

「う」

毎度古いはなしで恐縮だが、戦争が終って一番はじめに見た映画は「春の序曲」であった。ディアナ・ダービンとフランチョット・トーン主演のアメリカ映画である。今から考えれば他愛《たわい》ない代物《しろもの》で、筋もなにも忘れてしまったが、ひとつだけはっきりと覚えているのは、この映画のなかではじめてアメリカの台所をのぞいた、ということである。

場所は、あれはニューヨークかサンフランシスコか、ともかく、超モダーンなアパートらしかった。日本にマンションという言葉など生れる遥《はる》か以前のことである。

フランチョット・トーン。この人はアメリカ男にしては渋くて粋《いき》な二枚目だった。かなり金廻りのいい男という役どころで、豪華なアパートで独身をたのしんでいる。昼間、急に自分の部屋へ帰ると、肥った家政婦が、台所で料理をしている。

この台所が、ため息が出るほど凄《すご》かった。広い居間の中央に、丸くせり出した、いまでいうアイランド（島型）・キッチンというのだろうか。

ぐるりがカウンターのようになっており、立ち働くところは一段低くなって、そこにガス台や調理台、冷蔵庫がみな組み込みになっている。

映画はたしか白黒だったと思うが、台所すべてが、金属と透明な素材でキラキラと輝いているのである。

もっとおどろいたのは、家政婦の使っている鍋であった。何と透き通っている。

金属のフライ返しのようなもので、魚のムニエルを作っているのだが、あんな強火でパチンと割れないのだろうか。

強化ガラスをまだ知らなかったから、それは手品を使っているとしか思えなかった。

しかも、いきなり入ってきたフランチョット・トーンは、家政婦に向って、手をひろげて肩をすくめ（このしぐさも台所ほどではないが、目新しいものにみえた）、

「ぼくは魚の匂いは弱いんだけどなあ」

という意味のことを、しゃれた感じで言う。

肥ったメイドは、決して卑屈ではなく、むしろ堂々とした態度で、

「今日は仕事はお休みの日だから、いいでしょ」

というようなことを言っている。

どうやら、その日は、メイドは働かなくてもいい日らしい。透き通った鍋でソテーしている魚は、メイドが自分のために作っているおかずであった。

三十何年前の記憶だから、多分正確ではないと思う。

だが、あのピカピカ輝く機械のような台所と、透明な鍋と、魚問答でみせた人間関係の新鮮さは、アメリカという国を理解するいとぐちになった。いや、これは飾った言い方である。私はアメリカ文化を、まず台所から覗《のぞ》いたのであった。

「春の序曲」ほど古くはないが、若乃花――といっても先代で、いまの二子山親方だが、この人の印象に残る写真と記事もやはり食べもののことであった。

大きなグラフ雑誌の、たしか巻末の一ページに、大関かなにかに昇進した、当時人気の若乃花関は、まわしひとつの姿で、足を投げ出した格好で坐っていた。

四角いいろりのそばだったような覚えがあるが、この部分はすこし、自信がない。

この写真と記事のねらいは、「私の好物」といった趣向らしく、若関は「団子」をあげていた。

そのなかで、夫人はミシンを踏んで洋裁の内職をしている、と率直に語り、

「好きな団子も自分で作って食べます」

という一行があったような気がする。

記憶違いだったら、手をついてお詫びをしなくてはいけないが、私はこの一枚の写真とこの一行で、若乃花に惚れてしまった。

ほかの横綱、大関よりひとつ見おとりのする体。踵《かかと》に目のある若乃花といわれ、土俵ぎわに足がかかっても、まだねばり逆転する姿に溜息をつきながら、この一行がちらちらした。

私はひいきの関取も、食べものから入るのである。

女のくせにだらしのないたちで、抽斗《ひきだし》をあけて、探すものがすぐに出たためしがない。大事なものは、失くしたら大変と整理して仕舞い込むのがいけないらしく、さあ、というときになると、どこへ入れたのか判らなくなる。

そんなこんなで心ならずも国民年金もあやうく失格するところだったし、税金も期限までに納付書が見つからず、あちこち引っくりかえしているうちに納期を過ぎてしまい、ひと様にも迷惑をかけ、自分も不便をしてきた。

これではならじと一念発起《いちねんほっき》して、七段になった整理棚を四つ買ってきた。税金、年金、名刺、などとインデックスをつくり、――威張っていうはなしではないのである。他人様《ひとさま》は当り前のこととして実行なさっているに違いないが、よろずおくての私には、これでも文化大革命なのである。とにかく、居間の一隅に据えつけたのだが、目的通り区分けして物を整理し、入れたのは、はじめの半月であった。

あっという間に、年金と税金と領収書は入りまじり、手紙と海外旅行関係は同居して、ごちゃごちゃになってしまった。

そのなかでただひとつ、厳然とそれひとつを誇っているのは「う」という箱であった。

「う」は、うまいものの略である。

この抽斗をあけると、さまざまの切り抜きや、栞《しおり》が入っている。

焼あなごの下村、同じく焼あなごの高松・こぶ七や仙台長なす漬の岡田、世田谷にある欧風あられの幸泉、鹿児島の小学校のときの先生が送って下すったかご六の春駒。

仕事が一段落ついたら、手続きをして送ってもらいたいと思っている店のリストである。この次京都へいったら一番先にいってみたい、花見小路のおばんざい御飯処《ごはんどころ》。高山のキッチン飛驒。

物臭《ものぐさ》で仕事のためにはメモを取るのもおっくうがるのが、貸本の婦人雑誌でみたいわしの梅煮や大根と豚肉のべっこう煮などというのは、ちゃんと、あとあとまで読める字で、写しをとってホチキスで束ね入れてある。

この情熱の半分でもいい、仕事に廻したら、すこしはましなものが書けると思うのだが、台所と食器には身分不相応のお金と労力をかけたものの、机及びその周辺は、十数年前の、ほんのあり合せを不便さをかこちながら、使っているのである。

人は「う」のみにて生きるにあらず。お恥しいかぎりである。

性分

チーコとグランデ

クリスマスにケーキを食べなくなって、もう何年になるだろう。

仕事場を持つことを口実に家を出て、かれこれ十五年になるが、十二月も半ばを過ぎると、しがないテレビの台本書きは年末の撮り溜めに追われて、ねじり鉢巻の毎日である。クリスマス・ケーキもプレゼントもご縁のない暮しになってしまった。それでも、街にジングル・ベルのメロディが流れ、洋菓子屋のガラス戸に、

「クリスマス・ケーキの注文承《うけたまわ》ります」

の紙が貼られると、ふっと十七、八年前のあの晩のことを思い出してしまう。

私は小さなクリスマス・ケーキを抱えて、渋谷駅から井の頭線に乗っていた。

あの頃のクリスマス・イヴは、いささか気違いじみていた。三角帽子をかぶって肩を組ん

だ酔っぱらいと、クリスマス・ケーキを抱えて家路へ急ぐ人の群で銀座通りがごった返した時期である。クリスマス・ケーキと鶏の丸焼を買わないと肩身の狭いような雰囲気《ふんいき》があった。

当時私は日本橋の出版社に勤めていた。

会社は潰《つぶ》れかけていたし、一身上にも心の晴れないことがあった。家の中にも小さなごたごたがあり、夜道を帰ると我が家の門灯だけが暗くくすんで見えた。私は、玄関の前で呼吸を整え、大きな声で「只今《ただいま》！」と威勢よく格子戸をあけたりしていた。

それにしても私のケーキは小さかった。

夜十時を廻った車内は結構混み合っており、ケーキの包みを持った人も多かったが、私のは一番小さいように思えた。父はクリスマス・ケーキなどに気の廻るタチではなく、いつの間にかそれは長女である私の役目になっていた。甘党の母や弟妹達の頭数を考えると、やはり小さすぎた。せめてもの慰めは、銀座の一流の店の包み紙だということである。来年はもっと大きいのにしよう、と思いながら、私は眠ってしまった。

その頃、私は乗りものに乗ると、必ずうたた寝をしていた。内職にラジオの台本を書き始めていたので寝不足だったのだろう。それでも体の中に目覚時計が入っているのか、下りる駅の手前になると必ず目を覚ました。

終点に近いせいか、車中はガランとして、二、三人の酔っぱらいが寝込んでいるだけだった。下りる支度《したく》をしながら、私は、わが目を疑った。

私の席の前の網棚の上に、大きなクリスマス・ケーキの箱がのっている。私の膝《ひざ》の上の箱の五倍はある。しかも、私のケーキと同じ店の包み紙なのである。下の座席には誰もいない。明らかに置き忘れである。

こんなことがあるのだろうか。誰も見ていない。取り替えようと思った。体がカアッと熱くなり、脇の下が汗ばむのが自分で判った。

だがそれは一瞬のことで、電車はホームにすべりこみ、私は自分の小さなケーキを抱えて電車を下りた。

発車の笛が鳴って、大きなクリスマス・ケーキをのせた黒い電車は、四角い光の箱になってカーブを描いて三鷹台の方へ遠ざかってゆく。私は人気《ひとけ》のない暗いホームに立って見送りながら、声を立てて笑ってしまった。

サンタ・クロースだかキリスト様だか知らないが、神様も味なことをなさる。仕事も恋も家庭も、どれを取っても八方塞《はっぽうふさ》がりのオールドミスの、小さいクリスマス・ケーキを哀れんで、ちょっとした余興をしてみせて下すったのかも知れない。

ビールの酔いも手伝って、私は笑いながら、

「メリイ・クリスマス」

といってみた。不意に涙が溢《あふ》れた。

五年前に一カ月ほど外国旅行をした。

ラスベガスを皮切りに、ペルー、トリニダッド・トバゴ、バルバドスなどのカリブ海の小さな島、ジャマイカからスペイン、パリ、というおかしなコースだったが、その三分の一がスペイン語圏であった。

私は英語も覚束《おぼつか》ない人間で、スペイン語ときたら、カルメンとドン・ホセくらいしか判らない。

レストランに入ると、まず、

「セルベッサ・ウノ・チーコ」

と叫ぶ。

セルベッサはビール。ウノはひとつ。チーコは小さいという意味である。ビールの小瓶《こびん》がきたところで、ゆっくりと飲みながらあたりを見廻す。他人様のお料理をチラチラと拝見しておよその見当をつけ、あわてて日本交通公社発行の「六カ国語会話」をめくり、舌をかまぬよう用心しながら、

「デメ・ロ・ミスモ・ケ・ア・アケージャ・ペルソーナ」（あれと同じものを下さい）

と頼むのである。

その際、「チーコ」「チーコ」（小さい方よ）と念を押すことを忘れると、ドカンと大きなグランデが出てきて、一種類でおなかがいっぱいになってしまうのである。

お恥ずかしいはなしだが、四人姉弟で育ったせいか、私は食べものの大きい小さいが気になるタチである。戦争中の食糧不足も影響があるかも知れない。食べ盛りの四人の子供が、食卓にならんでとうもろこし粉の蒸しパンをわける母の手許《てもと》をじっと見つめる。

「そんな目で見られたら、お母さん、手許が狂ってしまうわよ。物指しを持っといで」

と母はこぼしていた。

今から思うと、魚の切身やケーキの大小に、どれほどの差があったとも思えないのだが、大きいのが当ると心が弾んだし、小さいと気持がふさいだ。小さいと文句をいい、母や祖母のと取り替えてもらう。さて自分の前へ置いてみると、前の方が大きく見える。あれはどういう心理なのだろう。

父の生いたちの影響もあるかも知れない。

幼い時から肩身をせばめ、他人の家を転々として育った父は、大きいものが好きだった。大きい家、大きい家具、大きい松の木、大きい飼犬……。

私がまだ五つ六つの年の暮に、私には背丈に余る娘道成寺《むすめどうじょうじ》のみごとな押し絵の羽子板、弟には床の間に飾り切れぬほど大きな絵凧《えだこ》を買ってきて、母や祖母をあきれさせたこともあった。

成り上り者の貧しさが、私の血の中にも流れている。いつも上を見、もっともっと大きいのとキョロキョロしていたのに、外国へきたらさすがにゲンナリして、もっと小さいのを、と叫んでいるのである。

マドリードのマイヨール広場横の、よく行った立ち食い専門の小店では、私が入ってゆくと、おニイさんは、

「ウノ・チーコ」

と片目をつぶって笑いかける。背丈もチーコ、人間もチーコだなと思いながら、チーコに切ったアサリのパイを突っついていた。

新しく住まいを移り、落着いた頃に客がくるのは嬉《うれ》しいものである。

六年前にマンションを買い、それこそ身に過ぎた大きな買物だったから、私は客がくるとこれ幸いと得意になって見せびらかしていた。

或晩《あるばん》、女優のMさんが訪ねてみえた。

案内役は悠木千帆さんだった。当時、私はお二人の出演するドラマの台本を書いていた。

Mさんは、——やっぱり本名でいきましょう。森光子さんである。長いおつきあいだし、これがもとで気まずくなるなどという器量の小さい方ではないのだから。

森光子さんは、上りぎわに、

「凄《すご》く小さいのできまり悪いんですけど」

名古屋の公開録音から帰ったその足で伺《うかが》ったので、新幹線の中で求めた自分用のですけど——と、恐縮されながら、ちょっとおどけたしぐさで小判形のしぐれ蛤《はまぐり》を差し出された。

私は、あッと声にならない叫び声をあげてしまった。実は台所に、その十倍はあろうかというしぐれ蛤の大箱があったのである。

名古屋に住んでいる妹が家を新築した。新宅祝いを送ったお返しが夕方届いたのである。この妹は「握り矢印」とあだ名のあるしまり屋なのだが、マイ・ホームを建ててきげんがいいのか、貯金をはたきついでのヤケッパチなのか、いつに似合わぬ気前のよさで、馬鹿馬鹿しいほど大きな詰め合せを送ってきたのである。

森光子さんの名誉のために申し添えるが、彼女は気前のよすぎる人である。苦労人だけあって、お花だご馳走《ちそう》だと、共演の人達の面倒見も実に行き届いた方である。

しかし、この晩のしぐれ蛤に関していえば、まさにチーコとグランデであった。人間一生の間に、何十回もしぐれ蛤を頂戴《ちょうだい》するわけでもないだろうに、どうしてこんなおかしなダブり方をするのだろう、と思いながら、笑いをこらえてお茶を飲み、世間ばなしをしていた。

ところが、二人の女優さんは、いきなり目くばせをすると、

「お台所やなんか拝見してもいいですか」

とおっしゃる。

台所は私の設計で、これも自慢のタネである。

「どうぞどうぞ」

と腰を浮かしかけて、ハッとなった。

台所には、二つのしぐれ蛤の箱が、まな板の上にのっかったベビー靴といった按配《あんばい》で重ねてある。大女優に恥をかかせては申しわけない。

「ちょっと待って。いま片づけますから」

「女同士じゃありませんか。おかまいなく」

「いえいえ。お願い！」

私は台所へ飛び込むと、グランデの方を、あわてて流しの下に蹴《け》っぽり込んだ。

その晩、私はやたらにはしゃいだ。

黙っていると、おかしくて笑えてくるので、絶え間なくしゃべり、ひとりでふざけていた。

そして、いまだに森光子さんに借りがあるような、うしろめたい気持を拭《ぬぐ》えずにいる。誰の

せいでもないけど、森光子さん、あの晩は本当に失礼を致しました。

学生時代に日本橋のデパートで歳末だけアルバイトをしたことがある。

私はレジスターで、最初は金物《かなもの》売場だった。

「臨休《りんきゅう》」がトイレで「有休《ありきゅう》」が食事といった符丁《ふちょう》も覚え、「湯タンポ二百円」ばかり打つのでうんざりした頃、地下の佃煮《つくだに》売場へ廻された。まだ学生アルバイトの珍しい時分で、私達は随分《ずいぶん》可愛がってもらった。「おいしそうねえ」といえば、ひょいと脇の下が突つかれて経木《きょうぎ》にのせたひと口ほどのハゼの佃煮や煮豆が客から見えない高さで差し出された。

だがお多福豆だけは別だった。

みごとな大粒で、黒光りして並んでいた。値段も飛び抜けて高かった。売場責任者の中年の店員は、時々、目でお多福豆を数えるしぐさをした。数は判っているんだぞ。暗につまみ食いを牽制《けんせい》しているようにみえた。

雨の日だった。これもアルバイトの男子学生が、開店前に冷蔵庫から佃煮を出してショーケースにならべる作業中、雨靴で床が滑ったのか、お多福豆のバットを取り落し、全部床にぶちまけてしまった。

床は、雨靴の泥で濡れている。売場責任者が飛んできた。私はレジの支度をしながら、体を固くして眺めていた。全部で幾らの損害になるのか。しくじりをしたアルバイト学生が顔をこわばらせて何かいいかけた時、責任者の店員は、彼の体を押しのけるようにしてかがむと、手で床に散乱したお多福豆を素早く拾い上げ、ショーケースに納めた。開店ベルが鳴りわたり、気の早い客がチラホラ入って来ている。責任者は、何事もなかったように、

「いらっしゃいませ」

とにこやかに声をかけていた。

街は特需《とくじゅ》景気でわき返り、新しい千円札が出廻りはじめていた。美空ひばりが登場し、金閣寺が焼け、中小企業の倒産が新聞をにぎわせていた頃だった。食糧事情はよくなったといっても、まだまだ毎日の暮しは不安定であった。

今日びこんなことはないだろう。

だが、私はそれ以来、お多福豆を買ったことがない。

みかんや苺《いちご》の時期になると、私はつまらないことに気を遣って、気くたびれすることがある。

果物好きだし、客の多いうちなので、冬場だとみかん、苺のシーズンだと苺は大抵買い置

きがある。
ところが、訪ねて下さる方も私の果物好きをご存じで、手みやげも果物が多いのである。頂いたみかんや苺が、大粒なら気苦労はいらない。

「こっちのほうが立派で悪いわねえ」と頂きものはちゃっかり冷蔵庫に仕舞い込んで、お安い「ありもの」をすすめるのもご愛嬌《あいきょう》である。

だが、頂きものがチーコで、うちにあるほうがグランデだと、そのへんは微妙である。男性の客は鷹揚《おうよう》だが、女性は気にされる。妙に恐縮されて、話もはずまなかったことがあるので、私は頂戴するとさりげなく大きさを調べ、お持たせを出すべきか出さざるべきか考えてしまう。こんなことに気を遣うと、なんとせせこましい人間かと我ながら嫌になるのだが習い性で仕方がない。

食べものを見ればさりげなく横目を使い、大きい小さいを較べていた私も、人生の折り返し地点を過ぎ、さすがに食い意地の方も衰えたか、量よりも味の方に宗旨を変えてきたようだ。

ところが、七年前に父が亡くなり三十五日の法要のあと内々が集って精進落《しょうじん》しに鰻重《うなじゅう》を取った。その席で、お重の蓋《ふた》を取りながら、私は蒲焼の大きさをくらべているのである。何ということであろう。

泣き泣きも良い方を取る形見分け

の川柳を笑えない。生れ育ちの賤《いや》しさは、死ぬまで直らないものなのだろうか。

たとえに引いて恐れ多いが、エリザベス女王などやんごとないお生れの方々は、ケーキやお魚をごらんになっても、大きい小さいなどチラリともお考えにならないものなのだろうか。上つがたに知り合いのあろう筈《はず》もなく、伺ってみたことはないが、いつか何かの間違いでお目通りを許される機会があったら、そのへんの機微などお伺いしたいものだと思っている。

海苔巻の端っこ

街を歩いていて、小学生の遠足に出くわすことがある。子供に縁のない暮しのせいか、そっとリュック・サックを触ったり、

「何が入っているの」

と尋ねたりする。

「サンドイッチとサラダ!」

「チョコレートにおせんべとガム!」

「お菓子は二百円以内!」

子供達は弾んだ声で教えてくれる。

水筒の中身もジュースが圧倒的に多い。

リュックの形も中身も、私の子供時代とは随分《ずいぶん》変ってきているなと思う。

今のリュックは赤や黄色やブルーのナイロンやしなやかなズック地が多いが、戦前のリュックは、ゴワゴワしたゴム引きのようなズック製だった。私が持っていたのは寝呆《ねぼ》けたような桃色で、背中にアルマイトのコップを下げる環《かん》がついていた。駆け出すと、カラカラと音がして晴れがましいような気分になった。

リュックの中身もおにぎりか海苔《のり》巻《まき》と茹《ゆ》で卵。あとはせいぜいキャラメルと相場が決っていた。水筒の中身も湯ざましか番茶だった。

わが家の遠足のお弁当は、海苔巻であった。

遠足の朝、お天気を気にしながら起きると、茶の間ではお弁当作りが始まっている。一抱えもある大きな瀬戸の火鉢で、祖母が海苔をあぶっている。黒光りのする海苔を二枚重ねて丹念に火取《ひど》っているそばで、母は巻き簾《す》を広げ、前の晩のうちに煮ておいた干《かん》ぴょうを入れて太目の海苔巻を巻く。遠足にゆく子供は一人でも、海苔巻は七人家族の分を作るのでひと仕事なのである。

五、六本出来上ると、濡れ布巾《ぶきん》でしめらせた庖丁《ほうちょう》で切るのだが、そうなると私は朝食などそっちのけで落ちつかない。海苔巻の両端の、切れっ端が食べたいのである。

海苔巻の端っこは、ご飯の割に干ぴょうと海苔の量が多くておいしい。ところが、これは父も大好物で、母は少しまとまると小皿に入れて朝刊をひろげている父の前に置く。父は待ちかまえていたように新聞のかげから手を伸ばして食べながら、

「生水《なまみず》を飲まないように」

「知らない木の枝にさわるとカブレるから気をつけなさい」

と教訓を垂れるのだが、こっちはそれどころではない。端っこが父の方にまわらぬうちにと切っている母の手許《てもと》に手を出して、

「あぶないでしょ。手を切ったらどうするの」

とよく叱られた。

結局、端っこは二切れか三切れしか貰《もら》えないのだが、私は大人は何と理不尽なものかと思った。父は何でも真中の好きな人で、かまぼこでも羊羹《ようかん》でも端は母や祖母が食べるのが当り前になっていた。それが、海苔巻に限って端っこがいいというのである。

竹の皮に海苔巻を包む母の手許を見ながら、早く大きくなってお嫁にゆき、自分で海苔巻を作って、端っこを思い切り食べたいものだと思っていた。戦争激化と空襲で中断した時期もあったが、それでも小学校・女学校を通じて、遠足は十回や十五回は行っている。だが、どこへ行ってどんなことがあったか、三十数年の記憶の彼方に霞《かす》んではっきりしない。目に浮かぶのは遠足の朝の、海苔巻作りの光景である。

ひと頃、ドラキュラの貯金箱が流行《はや》ったことがある。お金をのせると、ジイッと思わせぶりな音がして不意に小さな青い手が伸びて、陰険というか無慈悲というか、嫌な手つきでお金を引っさらって引っこむ。何かに似ているなと思ったら、遠足の朝、新聞のかげから手を伸ばして海苔巻の端っこを食べる父の手を連想したのだった。

我ながらおかしくて笑ったが、不意に胸の奥が白湯《さゆ》でも飲んだように温かくなった。親子というのは不思議なものだ。こんな他愛《たわい》ない小さな恨みも懐《なつか》しさにつながるのである。

小学校の時の同級生にNという女の子がいた。資産家の娘で、式の日には黒いビロードの服を着てきた。二階建ての大きな西洋館の邸《やしき》に住んでいたが、遊びに行って驚いたのはNが靴のままうちへ上ることであった。Nだけではない。弟や妹も、二、三頭いた大型の飼犬までも泥靴泥足のまま絨毯《じゅうたん》の上を走り廻る。絨毯はスレて垢《あか》すりのようになっていた。ピアノの上にもカーテンにも、真白にほこりがたまっていた。

幼い弟達の耳や手足も白くひびわれ、ぜいたくな服装もよく見るとほころびが切れていた。生別なのか死別なのかNには母親がいなかった。使用人が二、三人いたが、何時に帰って何時にお八つを食べようが何もいわれなかった。

私達が食堂でお八つを食べていたら、父親が帰ってきた。飼っていた外国産の鼻の長い犬と同じような顔をした人で、大学の先生だという。口ひげが半分茶色なのを子供心に不思議だなと思っていた。これもほこりだらけのサン・ルームで、鸚鵡《おうむ》がけたたましい声を立てていた。父親はチラリと私達を見ただけで全く表情を変えずに引っ込んだ。

あれは何年生の時の遠足だったのか、私の隣りでお弁当を開いたNが、不意に両手で顔を覆《おお》って泣き出した。膝《ひざ》の上の海苔巻のうち一本に庖丁が入っていなかった。

Nには間もなく新しい母が来た。結婚もクラスで一番早かった。やや暗いが美しい人だったから幸せに暮しているとばかり思っていたが、結婚後間もなく不治の病いに冒《おか》され亡くなったということを最近知った。

青草の上に投げ出したNの細い足と黒い上等のエナメルの靴。当時はまだ珍しかった甘い紅茶の入った魔法壜《まほうびん》。そして一本丸のままゴロンと転がっていた黒い海苔巻が目の底によみがえってきた。

端っこが好きなのは海苔巻だけではない。羊羹でもカステラでも真中よりも端っこが好きだった。我が家は到来物の多いうちだったが、どういうわけかすぐに手をつけないのである。

お仏壇にあげてから。

お父さんが召し上ってから。

なんのかんの理由をつけて先へ延す。蒸し返しの当てもなく来客にも出せなくなってから子供用にお下げ渡しになるのだが、その頃には羊羹色の羊羹の両端は砂糖にもどって白っぽくジャリジャリしている。それがいいのである。

カステラの端の少し固くなったところ、特に下の焦茶色になって紙にくっついている部分をおいしいと思う。雑なはがし方をして、この部分を残す人がいると、権利を分けて貰って、丁寧《ていねい》にはがして食べた。

かまぼこや伊達巻《だてまき》の両端。

木綿《もめん》ごしの豆腐の端の、布目のついた固いところ。

ハムやソーセージの尻《しり》っぽのところ。

パンでいえば耳。

今でも、スナックのカウンターに坐っていて、目の前でサンドイッチに庖丁を入れているバーテンさんが、ハムやレタスのチラリとのぞく耳を惜しげもなく断ち落すのを見ると、あ勿体《もったい》ないと思ってしまう。

寿司屋のつけ台でも同じで、海苔巻や太巻を巻いている板前さんが、両端をスパッと切ると、そこは捨てるの？　それとも誰かが食べるんですかと聞きたくなる。

これは端っこではないが、南部煎餅《せんべい》のまわりにはみ出した薄いパリパリの部分。

鮭カンの骨。

こういうところが好きで仕方がない。

何だか貧乏たらしくて、しんみりして、うしろめたくていい。

端っこや尻っぽを喜ぶのは被虐趣味があるのではないかと友人にからかわれたがこれは考え過ぎというもので、苦労の足りない私はそんなところでせいぜい人生の味を嚙《か》みしめているつもりなのだと理屈をつけている。

子供の頃、お焦げが大好きだったのも、端っこ好きの延長かも知れない。戦前、祖母が生きていた時分は、ご飯炊《た》きは祖母の役と決っていたから、朝目を覚ますとパジャマのまま台所へ飛んでゆく。

手拭いを姉さまかぶりにしてかまどの前にしゃがんで、長い火箸《ひばし》で熾《おき》を取り、火消壺《ひけしつぼ》に入れている祖母に、お焦げを作ってくれたかどうか尋ねる。

「バリバリいってから七つ数えたから大丈夫だよ」

そういわれると安心してセーラー服に着がえる。祖母は、父にかくれて、お焦げで小さな塩むすびをひとつ作って、そっと私に呉《く》れるのである。瘦《や》せぎすで癇《かん》の強い人だったせいか、塩もきつめで、きっちりと太鼓形に握ってあった。

実においしいと思った。

今から考えれば、米も水も塩もよかったのだろう。かまどで、固い薪《まき》で鉄の釜で炊くご飯。しかもアツアツのお焦げで握るおにぎりである。

父に見つかると叱られるというスリルもあった。祖母に見張ってもらい、蠅帳《はいちょう》のかげで目を白黒させて食べるのである。

食べ終えて、祖母に手を拭いてもらってから、洗面所横の小部屋をのぞく。顔中をシャボン（当時は石けんといわずそういった）の泡だらけにした父が、母の鏡台の脇につるした革《かわ》砥《と》で剃刀《かみそり》を研《と》いでいる。私がうしろに立つと、父は、わざと大袈裟《おおげさ》に頬をふくらましたり鼻の下を伸ばしたりおかしな顔をしてみせながらひげを当る。

私はお焦げのおにぎりがバレなかったな、と安心して、父のどてらの袖をもってやったりして手伝うのである。


端っこ好きは食べものばかりではないようで、子供の時分から今までの記念写真などを見ると真中にいるのはほとんどない。必ず後列の端にやっと顔だけのぞかせている。

映画館や喫茶店へ入った時も同じで、無意識のうちに隅っこを探している。私のような人間から見ると、端の席が空いているのに、真中の席に坐り、屈託なく飲んだり食べたりする人は羨《うらや》ましくて仕方がない。

学生の頃、九人制バレー・ボールで、中衛のライトをしたことがあったが、その名残りか、右側に他人がいると落着かなくて困った。もうそんなことはないが、体の片一方、もしくはうしろに壁を背負うと気持が多少落着いてくる。

それでも二度ほど広間の真中に坐る羽目になったことがある。

一度目は十年ほど前に一人で関西へ用足しに行った時だった。京都に鱧《はも》を専門に食べさせる高名な店がある。名前を覚えていたので電話帳で調べお昼を予約した。電話がひどく遠いようだが、「どうぞお越し」といっているようなので探し探し出かけて行った。

見つけて驚いたのだが、腰掛け割烹《かっぽう》のつもりで行ったら堂々とした料亭なのである。向うは向うで、まさか女が一人でくるとは思わなかったらしく、一番大きい部屋しか空いていない、と多少当惑している風であった。だが、若主人らしい人が、ボストン・バッグを下げている私を見て、奥へ案内してくれた。

かなり広い座敷である。

困ったことになった、と思ったが、今更《いまさら》引っ込みがつかない。覚悟を決めて席につき、次から次へと運ばれる鱧料理を頂戴《ちょうだい》した。中年の仲居さんが世話をして下さったのだが、終りぎわにこういうのである。

「私は随分《ずいぶん》長いことこの商売をしているが、この広い座敷で女一人で床柱《とこばしら》を背にして悠々とお酒を飲み料理を食べた人はそうはいない。どこのどなたさんですか」

こうと判れば来ませんでしたともいえないので、名前を名乗るほどの者ではございませんと恐縮した。

仲居さんはつづけて、

「あんたさん、きっとご出世なさいますよ」

このとき、隣りの部屋の間じきりの襖《ふすま》が音もなく一センチほど開いた。そこから幾つもの目がのぞいている。隣りの部屋は中年の女性が十人ほどで会合をしているらしく、関西弁のあけすけな世間話が聞えていたのだが、どうやらけったいな客を覗《のぞ》いておいでになるらしい。

八つ目鰻《うなぎ》を食べにきたんじゃないのよ、といいたかったが、折角《せっかく》ご出世なさいますと太鼓判を押して下すっているので、やめにした。

ご出世のひとことにくすぐられたのか心附《こころづけ》のほうも私としては破格の弾みようで、板前さんから仲居さん一同、店の前にならんで見送って下すった。タクシーに乗ってから、どっと汗が出た。

二度目は七、八年前赤坂のあるホテルに仕事でカンヅメになった時だった。全国市長会議があるので、一晩だけ和室の大広間に引越しをして下さいという。狭いところに飽きていたので喜んだのだが、入ってみて愕然《がくぜん》とした。

五十畳だか六十畳の大広間の中央に屏風《びょうぶ》を立て廻し、坐り机がひとつポツンと用意されている。大文豪ならいざ知らず、駆け出しの三文ライターである。おまけに何より端っこの好きな貧乏性である。もぐらがいきなり土の上にほうり出されたようで、体中がムズムズしてとても駄目ですからと机を引っぱり、部屋の隅にもってきた。

やっぱり駄目なのである。

端だから落着くのではない。狭いところの隅だから気が休まるのである。大広間の隅っこでは広さが気になってどうしようもない。明りを消すと不気味だし、あかあかとつけるとまた白々しい気分になる。仕方がないので、真中に出て体操してみたり、布団をしいて寝てみたが、どうにも格好がつかない。

何年か前に見た映画のシーンが頭に浮かんだ。エミール・ゾラの伝記映画で、ドレフュス事件にかかわったゾラが、書斎で執筆中に暖炉の不完全燃焼がもとの事故で亡くなるのだが、この時の書斎が堂々たる広間なのである。しかもゾラの机は、部屋の中央に斜めに置いてある。

こういう位置で、大傑作が書けるというのはやはり私如《ごと》きとは人間の出来が違うんだな、と思った。

次に思い出したのは「ラプソディ・イン・ブルー」のガーシュインの仕事場である。これも広大な山荘の広間で、五十畳はありそうな真中にグランド・ピアノが据えてある。

この二人を皮切りに、古今東西の芸術家諸先生の机の位置についてあれこれと想像をめぐらせた。

トルストイは、鴨長明は、紫式部は、シェークスピアは、大きい部屋で書いたのか、小さい部屋か。机は大か小か。位置は真中か隅っこか。置き方はまっすぐか斜めか――。

私は、物を書く人の容貌や体格はその作品と微妙に関わっているという説を持っているが、それにもうひとつ、書斎の広さと机の位置を考えなくてはならないなと思った。そんなことを考えているうちに夜は明けてしまい、遂に一行も仕事にならなかった。

こういう古今の大人物とわが身を比べるのは烏滸《おこ》の沙汰《さた》だが、今これを書いている机は、居間の隅っこの壁に、田螺《たにし》のように、はりついている世にも情けない小さな机である。

机の上にはビールの小壜《こびん》。

サラミ・ソーセージの尻っぽのギザギザになったところを嚙み嚙み書いている。筆立てには捨て切れずにいるチビた鉛筆――。

ご出世なさいますよ、と保証して下さった京都の仲居さんには申しわけないが、このていたらくでは見たて違いというほかはなさそうである。

たっぷり派

絵や美術品を見るときに、じっくり時間をかけて鑑賞する人と、ごく短時間にさっと眺めて帰ってくる人間がいる。

私は後者、つまり急ぎ足のほうである。

風呂ならカラスの行水《ぎょうずい》である。

絵なら絵、茶碗なら茶碗を、じっくり拝見すると、どうしても均等に目がいってしまう。かえって印象が稀薄になってしまう。それと、なまじ時間があると思うので、気持がゆるんでしまう。

一期《いちご》一会《いちえ》、というほど大げさなものではないが、この一瞬しか見られないのだぞ、と我と我が身にカセをはめると、目のないなりに緊張するせいか、余韻《よいん》が残り残像が鮮明のような気がする。升田名人は、子供の頃にパッと飛び立つトリの数を、一目見てあてるのがお上手だったそうだ。

コツは、ほかの子供のように、一羽二羽と空中で数えないことだという。

飛び立つトリをパッと見て、その図柄、感じを瞬間に目のなかに焼きつけてしまう。

あとから瞼《まぶた》に残るトリの数を見当つければいい、というのである。

我が意を得たりと嬉《うれ》しくなったが、升田名人と私ごときを同列におくのは、おこの沙汰《さた》であって、あちらは天性の勝負師、私のはただのせっかちに過ぎないのである。

見るほうがあっさり、というやり方だから味のほうも同じかというとこれが反対なのだから、おかしなものだと思ってしまう。

おそばのタレは、たっぷりとつけたい。

たっぷり、というよりドップリといった方がいい。

野暮《やぼ》と笑われようと田舎者とさげすまれようと、好きなものは好きなのだから仕方がない。

その代り、いよいよご臨終というときになって、

「ああ、一度でいいから、たっぷりタレをつけてそばを食いたかった」

などと思いを残さないで済む。

たっぷりはそばのタレだけではない。

恥しながら、私は醤油《しょうゆ》もソースも、たっぷりとかけたのが好きなのだ。

昔は、塩気を粗末にするとひどく叱られたものだった。

お刺身を食べるとき、銘々が小皿に醤油をつぐ。

子供のことだから、つい手がすべって多い目についでしまう。どうにか使い切れば文句はないのだが、残ったりしたら大事《おおごと》だった。

「お前は自分のつける醤油の分量も判らないのか」

と叱られるのである。

「残しておいて、あした使いなさい」

私の小皿だけは、蠅帳《はいちょう》に仕舞われてしまう。

次の食事のとき、ほかの家族は、小皿に新しく醤油をついでいるのに、私だけが前の残りを使わなくてはならない。

皿のまわりは、醤油が飛び散って汚れているし、気のせいか醤油もねばって、おいしくない。ゴミなんかも浮いているような気がする。

二度目の食事に使ってもまだ残っていると、食事が終ってご飯茶碗についだ番茶で、醤油の残った小皿をすすがせられた。

一人だけうす赤く染った番茶を頂かなくてはならない。

このときのことが骨身にしみたのであろう、私は刺身醤油をつぐとき、いつも用心しいしい、ポッチリ注いでいた。

早く大人になって、残ってもかまわない、そんなこと気にしないで、たっぷり醤油やソースをつけて物を食べたいと思っていた。

親の教育が裏目に出た例であろう。

バターを利《き》かせたプレーン・オムレツに、サラリとした辛口《からくち》のウスター・ソースをたっぷりかけて食べるのが好きである。

塩胡椒《こしょう》をちゃんとすれば、ウスター・ソースなどかけるのは邪道に決っているのだが笑わば笑えだ。

あたたかいご飯に、これがあれば、言うことなしである。

氏素姓《うじすじょう》の卑《いや》しさを広告しているみたいで、こっそりとやっていたのだが、そっと聞いてみると、意外にも、オムレツにソースジャブジャブという方がかなり沢山《たくさん》おられることに気がついた。

さる名門の夫人は、

「うちは、オムレツのなかに牛の挽肉と玉葱《たまねぎ》をいためたのを入れて、それにソースをかけてよくいただくんですよ」

私も同じものをよく作る。

「お宅は、それ、何て呼んでいらっしゃる」

「さあ、何て呼んでたかしら。別に名前なんかなかったんじゃないかしら」

「うちでは『ポロ牛《うし》』といっていたのよ」

挽肉をポロポロにいためるからなのだそうだが、それにしてもポロ牛とは。なんだか牛がポロ（馬に乗って争う球技の一種）をしているようだ。牛が馬に乗るという連想のせいか、それ以来、このお惣菜《そうざい》をつくるたびにポロ牛を思い出しておかしくなってしまう。

たっぷり欲しいものにレモンがある。

スモーク・サーモンが出たとき、櫛型《くしがた》の薄いレモンがついていないと、ああせっかくのおいしいサーモンなのに、こうと知ったらうちからレモンを持ってきて、たっぷりしぼっていただけたのに、と口惜《くや》しい思いをする。

牡蠣《かき》フライのときも同じである。

薄い八つ割りのレモンを、一滴残らず牡蠣に絞りかけようと、慎重にやったあげく、方向を間違えて自分の目玉の方に飛ばしてしまい、目は沁《し》みるわ、フライのほうにはかからないわで、さびしい思いをする。

なんでもたっぷりでなくては気が済まないくせに、お風呂だけはあまりたっぷりしていると、落着きがない。

湯船いっぱいに湯があふれている温泉場などで体を沈めるとザアと湯がこぼれることがある。

「ああ、もったいない」

と思ってしまう。戦争中、燃料がなくて、風呂は二日おきなどという苦労をした世代は、三十五年たってもまだミミっちさがとれないのだ。

「スパゲティはたっぷりの湯に塩ひとつまみ入れて茹《ゆ》で」

は実行出来るのだが、人間さまのほうは、程々の湯で、茹でこぼさないで入るほうが豊かな気分になれる。

もっとも人さまざまである。

そばのタレはごくあっさりとつける代り、お風呂のほうは湯船からあふれるほどでないと入った気がしないという方もおられるに違いない。こちらの方が粋《いき》なようである。

日々の味

重たさを愛す

バンコックの街を流れるメナム河の対岸に、トンブリという街がある。

十年ほど前、私はここのタイ人の家に客として一週間を過したのだが、この時の説明によると、日本語のドンブリの語源はこのトンブリだという。タイには古くから宋胡《すんこ》録《ろく》とかベンチャロンと呼ばれるやきものがあるから、当っているかもしれない。

発生の地というからには、一般の人々も丼《どんぶり》を愛用しているかというと、これがそうではなくて、路上で商う一ぱい一バーツ（十八円ほど）の魚の浮き袋入りカレーライスは、アルミニュームの皿にアルミのスプーンで売られていた。

丼は、職人の丼がけや丼勘定などという言葉から、ざっかけない、やや品のない印象だが、私はそこが好きである。

天丼にしろ親子丼（これは一体どなたの命名であろう、ネーミングとしては天才的である）にしろ、持ち重りのする熱《あ》つ熱《あ》つの丼を抱え込んで食べる、あの生き生きとした充足感は、どんな料理も及ばない。

だから、丼は、あまり上等でない方がいい。薄手の軽いものでは、あの感じが出ないのだ。絵つけもアッサリがいい。赤絵の凝《こ》ったものは気が重い。安くて気楽で、万一、粗相をしても「ごめんなさい」で済む器の方が、丼ものとしては正統派であろう。

中身の方も、なんのなにがしの料亭の、おしのぎに出される丼ものよりも、私はそのへんのおそば屋さんの、衣の厚いえび天が、しっぽをはみ出してならんでいる天丼の方がうれしい。箸《はし》も割りばし、箸置なんかなくていい。

あわただしい引っ越しや、女同士の気のおけない客や、時間はないけど活気があって、手間ひまかけるより、とにかくおなかを満たしたい、という時に、気どらずガツガツ食べる方が似合うような気がする。

私は常日頃、食べるものは品数が並ばないと、さびしいと思う人間だが、たまには、自分のそういうひ弱なところをこらしめるためにも丼ものを頂く。

天丼と決めたらとことん最後まで、天丼なのだ。あれも一箸こっちも一口という未練をキッパリ断ち切るいさぎよさ。それともうひとつ大切なことは、丼ものだけは絶対に残してはいけないということだろう。

　一番おいしいのはかけつゆを吸いこんで底にたまったご飯である。あれを食べ残しては丼ものを食べたとは言えない。丼ものをおいしく食べるコツは味つけでも盛りつけでもない。おなかをすかせることだと思えてくる。

キャベツ猫

犬や猫にも食物の好き嫌いがある。

以前うちで飼っていた犬は、アイスキャンデーに目がなかった。由緒正しい甲斐狛《かいこま》の牡《おす》で「向田鉄《てつ》」という強そうな名前を持っていたが、おもてにアイスキャンデー売りの鈴の音がすると、もう居ても立っても居られなくなる。

「ウォーンウオンウオンウオンウオオンオンオン」

昼日中から奇妙な声で遠吠えをはじめる。おしまいの一小節は森進一のようなトレモロになり買って貰《もら》えるまで止《や》めないのである。キャンデー売りの方も心得たもので、うちの門の前に自転車を停めてチリンチリンとやっている。

夏場になると毎日のことだから、母も私も叱ったり知らん顔をしたりするのだが、結局は隣り近所の手前買わないわけにはいかない。鉄はピチャピチャ音を立てて舐《な》め、うす赤く染まった割箸《わりばし》を犬小屋の下に埋めてコレクションをしていた。

友人のところの猫は、桃の罐詰《かんづめ》を開けると嬉《うれ》しさのあまり腰が抜けたようになるし、うちの猫は誰かが品川巻を食べていると、欲しくて欲しくて取り乱してしまう。

ただし、食べるのは海苔《のり》だけで、煎餅《せんべい》の方は残してしまう。猫の分際で何という冥利《みようり》の悪いことをするんだと、押えつけて口に押し込んだら、したたかに引っかかれて、その時の傷が鼻の頭にまだ残っている。

知り合いの大杉さんのところのシャム猫は変っていて、キャベツが大の好物である。台所の野菜籠《かご》の中のキャベツを見ても身悶えして啼《な》くというのである。

「キャベツ猫」

とからかっていたが、飼主の大杉さんの調査によると、これには哀しい物語があるという。この猫は街のなんとかケンネルというペット・ショップで買ったのだが、そこで茹《ゆ》でたキャベツを肉に混ぜた餌を与えられていたらしい。猫は生後二カ月から三カ月で売らないと新しい飼主になつかない。売れ残りそうになると肉を減らしキャベツを混ぜて発育を遅らせ、血統書の生年月日のサバを読んでいたらしいというのである。

そういわれて見るせいか、キャベツ猫は柄の割りにヒネていた。人の顔色を見い見い甘えているところがあった。

「おなかを出して掻《か》かせていても咳払いをするとビクッとしているのが判るのよ。もとのところで人間を信用していないなあ、このキャベツは」

大杉さんもそう言っていた。


あるプロデューサーが、ある美人女優を評して、

「夜店のヒヨコ」

と言ったことがある。

子役からのし上り、美貌とカンのよさでゆるぎない地位を築いているのに、いつも何かにおびえている。キョロキョロして落着かない。社交的でざっくばらんで気取りがないから現場のスタッフにも評判がよく憧《あこが》れる男たちも多いが、本当のところは不安で胸をドキドキさせながらまわりを見廻しているところがある。本当に笑ってはいないというのである。

私は二度ほどこの女優とテレビ局の喫茶室でお茶を飲んだことがある。彼女は私に椅子《いす》をすすめて席についた。それは喫茶室の入口を一目で見渡せる位置であった。

私の話に、こっちが当惑するほど過分に感心し相槌《あいづち》を打ち、美しい手つきでコーヒー茶碗をもてあそびながら、目は決して私だけを見てはいない、私にひたと目を向けていながら、

時折入口の方に向って目が泳いでいる。顔見知りのプロデューサーやディレクター、タレントが入ってくると、さっと片手を上げ、指先と目の表情だけでちょっと挨拶する。

「お久しぶり」

「いいじゃない、その服」

「聞いたわよ……」

「あとで——ね」

私の話に感心しながら、どうもこんなメッセージを入ってくる相手に瞬間に伝えているらしい。手話というのは聞いたことがあるが、眼話というのは初めてであった。二度が二度ともそうであった。

私は天秤にかけられ、ないがしろにされたわけだから腹を立ててもいいわけだが、そんな気持になれなかった。むしろ、心を打たれた。彼女はこの姿勢で這《は》い上ってきたのだ。おそらく恋人と一緒であっても、喫茶店で入口に背を向けて坐ることはないであろう。いつ何時《なんどき》、彼女にとって役に立つ人物が入ってこないとも限らない。見落してはならないのである。この人に心の安らぐ時があるのだろうか。この人の一番の好物はラーメンである。

「三日食べないと蕁麻疹《じんましん》が出るんですよ」

大女優はざっくばらんな口調で、あなたにだけ本当のことを白状するんですよ、という風に笑ってみせた。笑いながらも、やはり喫茶室の入口から目をそらしていなかった。

キャベツ猫は今年十三歳になった。

育ち盛りにキャベツを食べさせられたせいか、小柄でほっそりしている。そのせいか、お婆ちゃんになったがゼイ肉もなくすこぶる元気である。

三匹の若い猫と暮しているが、今でも一番先に餌を食べないと機嫌が悪い。生命力旺盛《おうせい》で、猫テンパーが猛威を振るい一緒にいた猫たちが全滅した時も彼女だけは生き残った。ひどい怪我《けが》をしてお尻っぺたに穴があき、大杉さん手製の「カレーと珈琲《コーヒー》」と染め抜いたパンツ（開店披露の布巾《ふきん》で作ったらしい）をはいていたが、三年目に肉がアガっていまは傷のあともない。

それにひきかえ、肉が好きで魚が好きでアイスキャンデーが好きだったうちの鉄は、二年でジステンパーに斃《たお》れてしまった。

彼はさる犬好きの名家で乳母日傘《おんばひがさ》で育ち、食べ馴《な》れた自分の食器持参で、家族やお手伝いさんたちに涙で見送られて、うちへ貰われてきたのである。おっとりした性格でどこか諦めのいいところがあった。喧嘩もやれば強いのだろうが、「もういいや」というところがあった。さもしさが足りなかった。病気になった時、祈るような気持で口の中に押込んだ薬の粒を、面倒くさそうにプイと吐き出した。「もういいじゃないですか」という風に、私の膝《ひざ》の上で目を閉じた。運命に爪を立て、歯を食いしばって這い上るのは彼の趣味ではないようであった。

動物も俳優も、美食家より粗食の方が強いような気がする。ラーメンの好きな「夜店のヒヨコ」――いや大女優も勿論《もちろん》健在である。

試食

デパートで一番好きなのは、地下の食料品売場である。

ここには日本中の、いや世界各国から集ったおいしいものが、いっぱいに並んでいる。私にとっては、宝石売場より洋服売場より心の躍る場所なのである。

ゆっくり歩いていると、時々声をかけられることがある。新製品のソーセージやべったら漬などを一センチ角ほどに切ったのが皿にのっていて爪楊枝が刺してある。試食品である。

食いしん坊なので、いつも頂戴《ちょうだい》したいな、と心が動きかけるのだが、やっぱりやめにするのは、後の始末が心配になるからだ。

たとえひと口でもソーセージを食べれば、口の中がなまぐさくなる。べったら漬を食べたあとはお番茶が飲みたくなるからである。

だが、こういう取り越し苦労は私ひとりとみえて、みなさんつまんで通りすぎてゆかれる。ほかのことは融通もきくのに、どうしてこれだけは駄目なのだろうと、後口《あとくち》に神経質な自分がおかしくなる。

小者の証明　酒中日記2

某月某日

午前三時。七人の客が帰ってゆく。

顔が揃《そろ》ったのが昨夜七時だから、延々八時間飲み続けたことになる。人寄せをするのは一年振りである。活字のほうに間口を広げて以来、手の廻らないのをいいことに我が家の居間はガラクタの山。足の踏み場もなかった。昨日だって、大あわてで段ボール十箱ほどにぶち込んで寝室と猫部屋にほうり込んだのである。

「ほかの部屋をのぞいたら、その場で張り倒すから、そのおつもりで」

女優、男優、プロデューサー、監督エトセトラ。暴力バーのマダムに赤っ恥をかかすことなく、清酒二本、ウイスキー二本、ビール半ダースの空瓶《あきびん》を残し上機嫌で引き上げる。

引き上げにあたり、全員後片づけを志願してくださったが、これは泣いて辞退する。アルコール入りのこの連中に洗い物などされたのでは、瀬戸物やグラス類が後家《ごけ》だらけになってしまう。

ざっと片付けて仮眠。

すぐ仕事にかかる、と書きたいところだが、このところ怠け癖がつき、午前中ぼんやりと爪を噛《か》み、午後も電話を取ったり爪を噛んだりで気がつくと日が暮れている。

宴のあとの残り物をおかずにビールでも飲もうかと冷蔵庫をあけ、はたと考え込んでしまった。

サントリー純生《じゅんなま》大瓶中瓶小瓶が揃っている。

実はこの大瓶は、昨日の夕方、泡くって酒屋に注文したのである。うちには中瓶と小瓶しか置いてなかったのだ。

私の場合、物心ついてから、ビールといえば大瓶であった。大の男が、お父サンが飲むのは当然大瓶である。

「野郎、やる気か?」

ガシャンと叩きつけ、ギザギザに割れたのを突き出しても、中瓶小瓶では相手は吹き出してしまうだろう。

ところが、夕食のあと締切が迫っていると、大瓶一本を頂いてしまうと、眠くなる。それなら飲まなきゃいいのだが、夕食にビールがないと刑務所へ入ったみたいで（入ったことはないのだが）気落ちして、書くものも弾まなくなる。

心を鬼にして大瓶の三分の一を残し、勿体《もったい》ないと思いながら流しにあけていたのだが、あるとき、ふと閃《ひらめ》いた。

「捨てるくらいなら中瓶にすりゃいいじゃないか」

早速《さっそく》中瓶を注文し、セコい知慧《ちえ》はもうひとつ働いて、湯上り用にと小瓶も導入した。以来、中と小を飲みわけて今日に到っていたのだ。

不意の来客にも中をすすめていたのだが、声をかけて人寄せをするのに中と小ではあまりにミミっちい。まるでラブ・ホテルか待合いみたいで（耳年増なので知っているのです）品格を疑われてしまう。ここはやはり大きいところをみせて大でゆこう、となったのだ。

そんなわけで、久しぶりで大もまじり、三役揃い踏みよろしく揃ってみると、さて今宵《こよい》はどの瓶でゆこうか。一日何もしなかったのだから、気持としては小の資格しかないのだが、そうそう差し迫った締切があるわけではなし、思い切って大でゆこうか、いや女一人、大をあけるのははしたない。ここは女らしく中でゆこうか。心は千々《ちぢ》に乱れたが、結局大にする。

勇んで飲みはじめたのだが、三分の一でおなかがドブドブになってしまう。受け入れ態勢のほうが、中になってしまったのだ。

某月某日

今日はよく働いた。

秋のテレビ番組の打ち合せ、雑文ひとつに週刊誌連載の随筆ひとつを片づける。ひと息入れたところへ魚屋から飛び魚十キロが到着。愚猫《ぐびょう》マミオの餌である。

プロ用のズン胴鍋で何回にも分け薄味で煮つけ、荒熱《あらねつ》が取れるのを待って、一回分ずつポリ袋に小分けして冷凍する。台所で奮闘三時間。鼻が飛び魚臭くなる。

鼻だけ洗っても仕方がないのでお風呂に入る。湯上りに中瓶を飲む。おかずは、前々日の宴のあとの残り物、東坡肉《トンポーロウ》ときんぴら、サラダにらっきょうという支離滅裂《しりめつれつ》なメニュー。

ところが中瓶では物足りないのである。働いたせいかスイスイと入ってゆく。こんなことなら大にすればよかった。といって、小をもう一本あけるのもなんだし、ときまりのつかない気持で食事を終える。

夜九時。テレビ局のプロデューサー来訪。来年春の新番組の打ち合せである。

車で見えているので、番茶とさつまいものレモン煮を出す。午前一時お開き。

目玉は眠たいのに頭のシンがはしゃいですぐには寝つけそうもないので、また冷蔵庫をあける。

大中小が並んでいる。

寝る前は小と決めているのだが、夜の部が中で物足りなかった。大働きをしたことだし、もう一本、中をいただいても罰《ばち》は当らないと思うのだが、万一残しでもしたら冥利《みょうり》が悪い。

つつましく小にしたが、何だかつまらない。

もうひと口あるとちょうどいいな、中にすればよかったと小さく後悔する。

女々《めめ》しい気持をこらしめるために、水を飲んで寝る。

某月某日

大中小の問題がまだ尾を引いている。

大にすれば残しそうだし、小にすれば物足りないような気がする。かといって、したり顔で中にするのも嫌なのである。

大しか知らなかった頃は、こんなことで悩むことはなかった。中や小を考えたのは、どこのどなたなのか。世の中、あまり細かく刻まないほうが、気楽でいい。

それにしても、宇宙の未来について思いわずらうかたもおいでになるというのに、たかだかビールの大中小について懊悩《おうのう》するとは、何たる小者《こもの》であろう。こんなことでは、とても大きいものは書けそうもない。

決然として酒屋に電話をして、バドワイザーのカンを二ダース注文した。カンなら大も中も小もない。明日から、瑣末《さまつ》なことに心をわずらわすことなく仕事に打ち込もう。

とはいうものの、まだわが家の納戸《なんど》には、大中小合わせて二ダースほど残っているのである。

旅の愉しみ

チョンタ

チョンタ、パイチ、カムカム、こうならべて、三つともご存知《ぞんじ》の方がいらしたら、ぜひお近付きになりたいと思う。私と友人が見残したアマゾンのあれこれについて、教えていただきたいからである。

アマゾンへ行ってきたのよ、というと、皆さん、「へえ、それはそれは」と、尊敬のまなざしで私をご覧になる。サファリ・スーツに身を包み、原住民を先導に、ナタをふるってツル草を切りはらいながら、毒蛇と闘いつつジャングルを進む、――なんて有様を想像されるらしいのだが、これは考え過ぎというものでペルーへインカの遺跡を見にいったついでに、アマゾン河上流の、イキトスという町に三日間だけ行ってみた――というだけのことなのだから何ともお恥しい。

それでもアマゾンはアマゾンである。ペルーの首都リマから飛行機で三時間。眼の下にアマゾンを見たときは胸がドキドキした。

見渡す限りの緑の海である。どういうわけかその緑は、お釈迦《しゃか》様のヘア・スタイルの如《ごと》く、西洋野菜のブロッコリーの如くブロックに分れていて、緑の色が少しずつ違っている。飛行機がゆれたりかしいだりするたびに、巨大なブロッコリーは、生きもののように地表からムクムクと盛り上って迫ってきた。

アマゾン河は、とてつもなく大きな、おみおつけ色の帯であった。しかも、木の根のようにおびただしい数の支流がある。その色がまたさまざまで、濃い目の赤だし色あり、淡目の仙台味噌ありという具合で、すべてがたくましく、生々しい。山紫水明に縁遠いたたずまいであった。

まず、イキトス空港で、屋根や電線にビッシリとまった黒々と肥えたカラスの大群におどろき、飛行機見物に集まった、やせこけた子供たちの大群にため息をついた。カラスは黒一色であったが、子供たちは複雑な混血を重ねてきたこの国の歴史を語るかのようにさまざまな体の色と表情を持っていた。

この町で唯《ただ》一軒のホテルに落着いた時、私たちは、死ぬほどおなかがすいていた。同行の友人は澤地久枝嬢である。最近『妻たちの二・二六事件』という著書を出された学究であり、軽薄な放送ライターの私とは、人間の重みが違うのだが、有難いことに好奇心と食い意地だけは全く一致していた。

食堂で、二人は食いつきそうな目でメニューをにらんだが、スペイン語はさっぱり判らない。チラチラと横目を使ったところ、うしろで、アメリカ人らしい男性が、不思議なものを召し上っている。大皿いっぱいにセロリらしいものの薄切りがのっている。サラダはあれでいこう。

「あの紳士と同じものを食べたい」

貧しい英語と至誠が天に通じて、ボーイはうやうやしく同じものをもってきた。

セロリに似てセロリに非ず。香気はなく、パサパサして少し青臭い。生のかんぴょう――いや、カンナくずを水にもどして――それも違う。「冬瓜《とうがん》」のスライス――まあ、そんなとこだろうか。ドレッシング・ソースをかけて食べるのだが、今までにこんな味のない食物を食べたことはない。

これがチョンタである。このあたりに生えている椰子《やし》の若芽で、一見白ずいき風。手でむくと、スルスルスルスルスルと、いくらでもうすくはげる。マーケットで、女たちが、むいてはひとかたまりにして売っていたが、おいしいかといわれると、うむ、となってしまう。まずいかといわれると、そうでもない。なんせ、味がないのだから。

チョンタの次に賞味したのが、パイチである。メニューには、ミートの部があるのだが、ペルーは肉不足とかで、ボーイは、どれを指しても「ノン・ミート」一点張り。しかたがないので、ボーイのすすめる「フレッシュなる河の魚」のソテーを戴いた。名を聞くとパイチという。

一見蒲焼《かばやき》風。味はハモとナマズとヒラメを足して三で割った感じ。「案外いけるじゃないの」二人はアマゾン河の魚を食べたというだけで満足して、その夜は粗末なベッドで安らかにねむったのだが――。

翌日、アマゾン河のそばにある養魚場を見物にいって、私たちは顔を見合せた。濁《にご》った水底に見えかくれする体長七十センチほどのおたまじゃくしのお化けのような黒い魚が、昨夜食べたパイチの赤んぼうだというのである。

「おとなはどのくらいの大きさでしょうか」

恐る恐る伺《うかが》う我々に、この町唯一人の日本人、カルロス・松藤氏は、だまって両手をいっぱいにひろげて、見せてくれた。

忘れられないのはカルロスさんの家でご馳走《ちそう》になったジュースである。遠慮勝ちな淡いピンクの透明な飲みもので、カムカムという木の実からとったものだという。かすかな甘味と酸味がほどよくて、後口《あとくち》に少し渋味が残るのも野趣があってよかった。

カムカムの実は、アマゾン河をモーターボートで遡《さかのぼ》ったときに、岸辺の立ち枯れた木の間に生えているのを教えられた。親指の頭ほどの赤紫色の光った固そうな実である。種子が大きくて、大量にとってきても、ごく少ししかジュースがとれないそうだが、これこそ、正真正銘、アマゾンの天然ジュースであろう。

ジュースといえば、イキトスのマーケットで、亀の卵のジュースを作っているのを見かけた。

赤んぼが行水《ぎようずい》出来そうな、白いほうろう引きのボールに、つぶれたピンポン玉みたいな亀の卵を何個も何個も割りこんで、砂糖を入れ、ミルクのようなものをほうりこんで、かき廻している。案内して下すったカルロス氏に「あれは……」と聞きかけたところ、西郷隆盛のような外見に似ず、デリケートな氏は少し口ごもって、「一種の精力剤ですな」とドギマギなさった。そういえば、カメタマジュースの廻りに集って騒いでいるのは、半裸の男どもだけである。私たちは伏目になってそこをはなれた。

アマゾンの支流イタヤ河でピラニアを釣ったりして、またペルーへもどり、カリブ海の島を廻り、アメリカへもどってヨーロッパへ飛んだ。スペインのイカもおいしかったし、パリのカキも結構であったが、日が経つと、妙になつかしいのがアマゾンである。正直いって、暑いし汚ないし、格別おいしいものもない。だが、閑《ひま》とお金が許せば、もう一度いってみたい。

最近カルロス氏から手紙がきた。イキトスの大通り、いわばイキトス銀座で撮った写真は、本当にうつっていたのですか、という、催促とからかいの、ユーモラスな手紙である。ややピンボケだが写真はちゃんとうつっているから、おそまきながら、早速《さっそく》送ることにしよう。四辻のゴミの山にやせた鶏と黒くて小さい豚がのんびりと餌をあさり、交通事故も盗難もないというイキトス銀座であった。

沖縄胃袋旅行

子供の時分に「きっぱん」というお菓子を食べた記憶がある。父の沖縄土産《みやげ》だった。

小学校四年から二年、鹿児島で過した。保険会社の支店長をしていた父が三月《みつき》に一度ずつ出張で沖縄へゆく。日中戦争が本格的になり出した頃だからまだ民間飛行機はない。船旅である。口小言《くちこごと》の多い父が一週間居ないから伸び伸びと振舞《ふるま》える嬉《うれ》しさに、お土産の楽しさがあって、子供たちはみな父の沖縄ゆきを心待ちにしていた。

パパイヤや生のパイナップルの味も、このとき覚えた。私はひそかに庭にパパイヤの種子を埋め、毎日眺めていたが、到頭《とうとう》芽を出さなかった。

朱赤の沖縄塗りのみごとな乱れ箱や茶櫃《ちゃびつ》もこのときうちにやってきた。豚の血をまぜて塗ったのだと聞かされて（本当かどうか知らないが）鼻をくっつけ、匂いをかいだ覚えがある。

輪島塗りや春慶《しゅんけい》塗りとは全く違った、一度見たら忘れられない、ドキッとするような妖しい美しさがあった。

お菓子は、黒砂糖のものや冬瓜《とうがん》の砂糖漬など珍しいものが沢山《たくさん》あったが、私は何といっても「きっぱん」が好きだった。形は平べったい大き目の饅頭《まんじゅう》で、まわりは白い砂糖がけ、アンは細く切った果物の砂糖漬である。猛烈に甘くほろ苦かった。子供が沢山食べると鼻血が出るといって、一センチぐらいに薄く切ったのを一度に一切れしか食べさせてもらえなかった。チョコレートにしろ「きっぱん」にしろ高価なお菓子は沢山食べると鼻血が出るといった。無闇《むやみ》に食べさせない用心だったのかも知れない。「きっぱん」は鹿児島を離れ、戦争がはさまり、遠いかすかな思い出となって四十年近い歳月が流れた。沖縄と聞いて胸がさわいだのは、「きっぱん」が食べられるかも知れないと思ったからだ。

今までにも沖縄へゆく友人に頼んだのだが、「見つからなかった」という理由で駄目だったからである。

沖縄の人たちは私たちを「本土の人間」という。本土の、しかも東京の人間にとって、沖縄の空と海は恐いほど青く、まぶしい。まるで白刃でも突きつけられているようだ。三十六年前、それこそ本土の身代りになって血を流したところへ、のこのこと、ただ食べるだけのために出かけていったことが我ながらうしろめたかったのだろう。

強い陽ざし。真紅なデイゴの花。那覇《なは》の街は近代的なビルの街にかわっているが、ところどころに昔ながらの赤瓦を白い漆喰《しっくい》で押えた屋根に、魔除《まよ》けの獅子《シーサー》をのせた家がみられる。獅子はブスッとしておっかない貌《かお》をしているがよくみると愛嬌《あいきょう》がある。

沖縄料理の名門「美栄《みえ》」も、古い琉球のたたずまいを残す料亭である。上品。洗練。余分な飾りを一切排した落着いた座敷に花一輪を活けた壺《つぼ》。強く透明な泡盛。掌《てのひら》に納まるほどの蓋《ふた》つきの小鉢に入った突き出しからコースが始まった。

・豆腐よう

沖縄のチーズ。豆腐を泡盛、こうじ液に漬け込んだ焦茶《こげちゃ》色の小片。コクあり極めて美味。

・中身《なかみ》の吸物

透明な吸物のなかに薄黄色のひもかわのごときものが沈んでいる。淡泊ななかに歯ごたえ。これが豚の腸と聞いて二度びっくりする。

・東道盆

「とうんだあぶん」と発音する。

朱赤に沈金《ちんきん》をほどこした豪華な六角の盆に盛られた前菜である。蓋《ふた》をとると中は七つに仕切られて、色鮮かなオードブルが盛られている。その美しさは食べるのが勿体《もったい》ない。

中央に花イカ。モンゴイカを茹《ゆ》で、馬やカニを思わせる形に包丁で切り込みを入れ、端を赤く染めたもの。

カジキマグロを昆布で巻いたもの。

高菜を入れた緑色のカマボコ。

ニンジン入りの揚げカマボコ。

小麦粉を薄く焼いたもので、豚味噌を巻いたぽーぽー。

あっさり口と脂《あぶら》っこいもの、コクのあるもの、甘いもの、歯ごたえのあるものが一口ずつならんで、しかも、この東道盆はグルグル廻る。これが沖縄料理の前奏曲である。

・ミヌダル
豚ロースに胡麻をまぶして蒸したもの。

・芋くずあんだぎい
「んむくじあんだぎい」というのが本式の発音。あんだぎいは揚げもののこと。蒸したサツマイモに、同じくサツマイモから取った粉をまぜて作ったもの。薄紫色の熱々を頬《ほお》ばると素朴な甘さが口いっぱいに広がる。

・大根の地漬
大根を地酒で漬けたもの。酒の肴《さかな》にぴったり。お代りが欲しいが我慢する。

・田芋のから揚げ
外側はパリッとして中がやわらか。
・地豆豆腐
じーまみどうふ。地豆は落花生《らっかせい》。胡麻豆腐より色白キメ細かでコク、舌ざわり抜群。
・昆布いりち
いりちは炒めもののこと。昆布と豚肉の炒めものだが、昆布が豚の脂を吸って、思いがけない合性《あいしょう》のよさ。昆布はよく使われる。
・どるわかし
田芋を豚のだしとラードで、形が崩《くず》れるまで煮こんだもの。見かけはよくないが味は上等。
・耳皮さしみ
「みみがあ」は豚の耳。くらげにそっくり。箸《はし》休めにぴったりの歯ざわりのよさ。
・らふてえ
沖縄風豚の角煮。脂肪の多い豚の三枚肉（はらがあ）を砂糖、しょう油、泡盛で気永に煮込んだもの。とろけるようにやわらかく意外に脂っこくない。
・豚飯

とんふあん。茹でて細切りにした豚肉、椎茸などをまぜたサラサラごはん。お茶漬け風に豚肉とかつお節でとっただしをかけて食べる。おなかいっぱいなりに不思議に入る。

・パパイヤのぬか漬

・タピオカのデザート

蜂蜜のなかに沈んだプリプリした冷たいタピオカ。

・ジャスミン茶

これでお仕舞い。ご馳走《ちそう》さま。

沖縄料理は二つに大別される。

宮廷料理と毎日の食卓にのぼる庶民料理である。「美栄」で戴《いただ》いたご馳走を毎日食べたのでは破産してしまうから、これは当り前のはなしであろう。

宮廷料理にしても、日本料理ではなし、かといって中国料理でもない。いわば二つの国の混血児といったところが正直な感想だが、これは歴史のほうも証明してくれている。

沖縄の前身である琉球は十七世紀初め薩摩に侵略された。それ以来那覇に薩摩藩の奉行所が出来た。その役人を接待するため、口にあった料理を供しようとして、琉球の料理人が薩摩に修業にゆき、日本料理を覚えて帰ってきたこと。

もうひとつは、冊封使《さくほうし》の影響だという。冊封使とは耳馴《な》れないことばだが、これは琉球王が替るたびに中国皇帝から送られてきたお祝いの使者のこと。このご一行さまは何と一回に四、五百名というから迎え入れるほうも大変だったに違いない。この連中をもてなすために琉球の包丁人はまた中国へ勉強にゆく。

これは明治維新まで続いたというから、遠来の客をもてなす日華混血の色彩美しい琉球料理が発達したということなのだろう。

沖縄料理の主役は豚と芋である。

那覇市内の平和通りの奥にある公設市場をのぞくと、それがよく判る。

肉売場のほとんどを占領するのが豚である。

豚の血百円、耳二百円。そして足一本が千六百円。ずらりとならんだ桃色の肉の塊のなかで、豚足《とんそく》も太目のラインダンスよろしくならんでいる。

客は慎重な手つきで選《え》りわけ、「これがいいわ」となると、店の人（これがほとんど女性である）は、ひと抱えもある大木を一メートルほどの長さに切った、長いドラムのような中国式のまな板に足をのせ、包丁というより大鉈《なた》で、ドスッ！　ドスッと骨ごと叩っ切る。

はじめは、びっくりしたが、陽気な笑い声まじりにあっちでもドスッ！　こっちでもドスッと聞えてくると、そのうちに馴れてきて、こっちまで豪気《ごうぎ》な気分になってくる。私も豚の足を一本買い、泡盛を一樽背負って帰り、「足てびち」を作ってみようかという気になる。はじめは正直いってびっくりしたがつつましく両足揃《そろ》えて売られている豚のひづめの部分まで、おいしそうに見えてくるから不思議である。

ここでは山羊の肉も売られている。草だけ食べさせておけばひとりで大きくなる山羊は「ひいじゃあ」と呼ばれ、庶民のご馳走である。今でも屋外で山羊一頭をほふるパーティが開かれ、その場で、血、刺身、蓬《よもぎ》の入った汁という具合に料理され、精力剤として珍重《ちんちょう》されるそうだ。

魚は、県魚のグルクン（赤っぽい美しい魚）をはじめブダイ、スズメダイ、キングアジ、ロールイカ。熱帯魚かと見まがう鮮かな色彩である。値段は、メカジキ六百グラム九百円。もう少し近ければ買って帰りたいほど安い。

野菜もみごとである。ピーマンの大きさ、肉厚さに溜息をつき、茄子《なす》の大きさ、ショウガ、ニンニクの立派さに圧倒された。苦瓜（ゴーヤー）とヘチマと蓬は、東京では見かけないものだが、沖縄料理には欠かせない材料らしく、どこの八百屋にも必ずならんでいる。

豆腐が固いのにもびっくりした。

豆腐は白くてやわらかいものと思っていたが、沖縄のは、黒っぽくて固いのだ。

「豆腐の角《かど》に頭ぶつけて死んじまえ」

というのは江戸っ子の啖呵《たんか》だが、ここでは通じない。

乾物コーナーをのぞくと、目につくのは、かつお節と昆布である。生節《なまぶし》のいい匂い。値段も安い。ああ、買って帰りたい。昆布が沖縄料理で多いのは、昔、松前藩あたりと、交易があり、かなり一方的に昆布を押しつけられたのではないですかなあ、と土地のかたがおっしゃっていらした。

昆布の横に、見なれないものがあった。

黒くて長くて乾いていて、昆布みたいだが昆布にしては地紋がある。厚味もある——と思ったら、これが「イラブー」のくん製であった。「えらぶ鰻《うなぎ》」つまり海蛇である。丸くとぐろを巻いたのもある。

昆布や豚足と一緒に三日ほど気永に煮込んでスープにすると、「いらぶーしんじ」となり、滋養のある高価な料理として、なかなか庶民の口に入らなかった代物《しろもの》だそうだ。元気がなくて勇気のある人は、ぜひ味わってみて下さい。私は両方ないが機会がなくて戴くことが出来なかった。

市場といえば、胃袋に関係はないが、牧志《まきし》東公設市場も書き落すわけにはゆかない。

大きな市場全体が、全部繊維関係の店である。仕切りのない何十いや何百という小店で、洋服屋あり、呉服屋あり、下着、制服、何でもござれ。おまけに坐っているのは、揃って女あるじである。

若いのもいるが、ほとんどが四十代から七十代まで。戦後、ヤミ市だったのがそのまま残り、バラックを建て替えて、同じ形でつづいているのだという。女あるじたちの身の上も戦争未亡人あり、ゆかず後家《ごけ》あり、本もの後家ありだが、同じ職種なのに仲がよく、頭株《あたまかぶ》の威令よくゆきわたり、冠婚葬祭の御付合いは勿論《もちろん》、ご不浄へ立ったときの店番は隣りが引きうける。この仲間意識は、どうやら沖縄島民共通のものであるらしい。

一軒が畳三畳ほどに女あるじ一人の小店揃いだが、彼女たちの政治力経済力は大変なもので、那覇市の市長選挙も、このオバサンがたの支持が得られないと当選はむずかしいというから凄《すご》い。

そう聞いてから歩いたせいか、皆さん、ひとかどの面魂《つらだましい》だった。体格も堂々、松の根っ子のような腕で反物を巻いている女丈夫《じょじょうふ》とお見うけした。

ケニヤの首都ナイロビで、やはり市場を牛耳《ぎゅうじ》っているのがマーケット・マミーと呼ばれる女性たちで、高見山関と取り組みをさせてみたいと思うほどの偉丈夫（？）揃いだったのを思い出した。彼女たちも大統領選挙に大きな発言力を持っていると聞いた覚えがある。

チョコレート色のマーケット・マミーたちも陽気だったが、沖縄のマミーたちも明るかった。よくしゃべりよく笑う。ラジカセの演歌に合せてからだをゆすり、大きな弁当箱をひろげて、時ならぬ時間に旺盛《おうせい》な食慾をみせている。

このバイタリティを支えるのは何だろう。沖縄の人たちの普段の食事を知りたくなってきた。

街を車で走ると「沖縄そば」の看板が目につく。その中の一軒「さくら屋」へゆく。首里《しゅり》の住宅街にあるしもた家風の小ぢんまりした店だが、珍しく手打ちである。

戦前、食堂といえば、そば屋のことだった。庶民に一番なじみの深い外食だったが、ほとんど機械に切りかえられ、手打ちは珍しいという。生のカンピョウというか、ひもかわ風。薄い黄色のしこしこした歯ざわりがいい。かつお節と豚肉でとった透明なスープに、カマボコと豚肉が入っている。大三百円、小は二百円。食卓にのっている唐辛子と泡盛を入れた汁(ひはつ)を少量、そばに落してすすり込むと、あっさりした風味がおいしい。ペルーへ移民した家族が、里帰りして一番にこの店へかけつけ、懐《なつか》しそうにそばをすすり込んでいた。

辻町と言えば、昔は格式高い遊廓《ゆうかく》で有名だったところである。バーや飲食店がならんでいるが、そのなかでおいしいと評判の「夕顔」で、「足てびち」と「そうめんちゃんぷるう」に感動した。

骨ごとぶつ切りにした豚足を水で茹で、かつお節、味醂《みりん》、しょう油で四十時間煮たものだが、とろりと飴色《あめいろ》に煮上ったのが大鉢に山盛りで湯気を立てているのを見ただけで、元気が出てくる。

このやわらかいこと。プリンプリンしたにかわ質。噛《か》む必要全くなし。舌の上で溶けて骨だけが残るやわらかさ。脂っぽいのに脂っぽくない、コクがあるのにあっさりした玄妙とし か言いようのないうまさ。

ここの女あるじは、沖縄風の髪型、衣裳である。美人で愛嬌もよく、極めておいしそうなひとだが、私はこの人を横目で鑑賞しながら、たちどころに「足てびち」を三切れ胃袋に納めた。

「そうめんちゃんぷるう」はそうめんの炒めものである。私はこれが好物で自分でもよく作るが、そうめんがくっついて団子になってしまう。ところがこの店のは、一本一本が離れ、味もあっさりしていておいしい。女あるじにコツを伺《うかが》った。

そうめんは固めに茹でてから、炒める前にサラダオイルを少量かける。これがくっつかない秘訣《ひけつ》であった。聞けば何でもないことだが、コロンブスの卵である。

鍋を熱くして、油を入れずいきなり野菜を入れる。これもコツのひとつであろう。野菜の水分で焦げつくことはない。ここにいり卵とネギを入れ、そうめんを加えて塩で味をつけ、かつお節をかけて出す。おひるや軽い夜食にぴったりである。

左党《さとう》なら「うりずん」をのぞくのもいいかも知れない。泡盛を四十八種置いてある民芸風の酒場である。「うりずん」とは、響きの美しいことばだが「木の芽どき」という意味らしい。

沖縄の古い民家をそのまま使った小ぢんまりした店である。大きな甕《かめ》から柄杓《ひしゃく》で汲んで「カラカラ」に入れて持ってくる。のどがカッと灼《や》けるようなのを流し込む。暑気払いには一番であろう。

甘党へおすすめは、「さーたーあんだぎい」。砂糖揚げ菓子というイミ。ドーナッツの沖縄版と思えばいいのだが、チューリップの格好に揚げるのはコツがいる。これをおいしくつくるのが花嫁の資格のひとつだったという。このほか、ぽーぽーによく似た形のちんびん。黒砂糖入りのお焼き。赤く染めた落花生を散らした中国風蒸しカステラ「ちーるんこう」もいい。

胃袋が目あての旅とはいえ、舌だけ口だけが歩くわけではない。目もあれば耳も働くわけだから、いろいろなものが目に飛び込んでくる。

家にくらべて、墓が大きく立派なのに一番驚いた。兎小舎《うさぎごや》どころか人間が住めそうなのもある。

金が出来ると、家より先にまず墓をつくる。それで男一人前とみなされ、世間の信用もつく。墓は担保物件になるそうだ。

墓の例でも判るが、この土地は先祖崇拝の気風の強いところである。祖先を祀《まつ》る祭りが、年中あり、そのひとつ清明祭に使う菓子を露天で売っている。

この気風は、縦社会にもあらわれている。会社も序列は関係なし。年長者に対しては、たとえ部下であっても敬語を使う。

沖縄の人たちは、どちらかというとはにかみ屋で内気。人見知りをする。打ちとけてしまうと、とても人なつっこく、その眉と同じように情《じょう》が濃い。屋根に上っている獅子は沖縄の男たちがモデルではないかと思ったほどである。

意外だったのは、アメリカ人兵士の姿がほとんど見られなかったこと。夕方、目抜き通りを二十分歩いて、ぶつかったのはアロハ姿の若いの一人である。

「週末になると、出るんですが。もう少し暗くなると少しは出るんですが」

案内してくれた男性が、まるでホタルみたいに言うのがおかしかった。

基地のある沖縄市(前のコザ市)にも足を伸ばしてみたが、ドルが弱くなったせいか、金髪碧眼《へきがん》のオアニイさん方はみな威勢が悪く、日本人のお古のあとの中古車に乗り、ハンバーガーの立ち喰いの行列にならんでいた。

ひと頃は大賑《おおにぎ》わいだったBC通り（バーとキャバレー通り）もさびれていた。こうなるまでに三十六年かかったのだ。

沖縄料理には、日本料理の繊細と陰影も見当らない。フランス料理の贅《ぜい》も粋《すい》もないし中国料理の絢爛《けんらん》もない。あるのは一頭の豚を、頭から足の先まで、それこそ血の一滴まで無駄にすることなく胃袋に納め、生きる糧《かて》にしてしまうしたたかさである。見かけより滋養を重んじる合理性である。明るい空、澄んだ海の色に合せて。まるで紅型《びんがた》の模様のような色に食べものを染め、食卓を彩《いろど》る暮しの知恵である。

ひめゆりの塔。摩文仁《まぶに》の丘は、いまも訪れる人が絶えない。数千の日本軍と民間人が最後の砦《とりで》として死闘をくりかえした海軍の司令部壕《ごう》は、まだ発掘の余地を残している。畑をたがやすと、まだ白骨が出ることがある。本土復帰を果たしたといっても、まだ戦争の尻尾は残っている。

想像していたよりずっとおいしいと沖縄の食べものに舌つづみを打っていると、どこからか「海行《ゆ》かば」が聞えてくる。私たちの世代はそうなのだ。胃袋はふくれても、うしろめたさ、申しわけなさが、のどに刺さった小骨のようにチクチクする。

「やはりようけ食う奴はよう働きますなあ。人間、食わにゃあ」

唇を脂で光らせながら豪快に骨をしゃぶってみせ、「足てびち」を私たちにすすめてくれた沖縄の人のことばに少し気が楽になり、私も負けずにかぶりついた。
山も平らになるほど破壊され、人が死んでも、生き残った人間は、尚《なお》のことしたたかに食らい、楽しみをみつけて生き永らえてゆく。人が生きることはこういうことなのだなと思った。

ところで、私の捜していた「きっぱん」は、どこの名店街にもなかった。店員さんに聞いても「さあ」というだけである。記憶違いか、とさびしく思っていたが、市場からの帰り、タクシーの窓から、「きっぱん」の文字をみつけた。車をとめ、小ぢんまりした菓子屋の店先にとび込んだ。白い砂糖の衣がけである。同じだ。体格のいい五十がらみのオバサンが昼寝から起きてきた。「きっぱんはもう、うち一軒ぐらいしか作ってないかも知れないねえ」と言いながら、素朴な折箱に詰めてくれた。

ホテルまで待ち切れず、タクシーのなかで開き、端を折って食べてみた。物凄く甘くほろ苦い。昔と同じ味である。四十年の歳月はいっぺんに消し飛んで、弟や妹と若かった父のまわりに目白押しにならび、茶色の皮のカバンから手品のように出てくる沖縄土産を待つ十二歳の女の子にもどっていた。「きっぱん」は、わが沖縄胃袋旅行の最高のデザートとなった。

楽しむ酒

金髪碧眼《へきがん》と言いたいところですが、髪はほとんど真白でした。鶴よりももっと痩《や》せていました。年は七十をすこし出たところでしょうか。かなりの長身に、黒っぽいスーツでシャンと背筋をのばして、その紳士は一人でダイニング・ルームへ入って来ました。

ベルギーの首都ブラッセルの一流ホテルでした。夜の七時を少し廻った頃だと思います。紳士は窓ぎわに座ると、気の遠くなるほど時間をかけて、ゆっくりとメニューに目を通しました。

やっと決って、まず食卓にパンが運ばれました。籠《かご》に入ったフランス・パンです。次に、グラス一ぱいの赤ワインがつがれました。

紳士は、フランス・パンを千切《ちぎ》り、赤ワインに浸《ひた》して、ゆっくりと食べはじめました。新聞をひろげ、窓から夜景を眺めながら、紳士は二切れ目のパンにかかります。

運ばれてきたのは、舌平目《したびらめ》のムニエルでした。紳士はゆっくりと食べ、皿に残したバタ・ソースをパンで拭《ぬぐ》うようにして食べました。犬がなめたようにピカピカの皿を返したあと、小さなコーヒーで終りでした。

片手をあげて勘定を頼み、いくばくかのチップを銀色の盆に残して紳士はゆったりと出てゆきました。

私は感心して眺めていました。

老紳士のしたことは、長い間私たちがしてはいけないこととして固く戒《いまし》められていることばかりです。

ワインにパンを浸して食べること。

魚と赤ワイン。

しかし、老紳士は不思議に魅力的にみえました。堂々として自然でした。一人きりのディナーを楽しんでいました。これでいいのだと思いました。

私たちは長い間、テーブル・マナーの奴隷だったなあ、という気になりました。

大事なお客様がみえると、茶簞笥《ちゃだんす》の奥からそっと取り出される赤い罎《びん》。それがワインでした。いや、その頃はまだワインなどという言い方はしませんでした。葡萄酒といっていました。

母は切り子の、葡萄酒のコップを出し、三人なら三人が同じ高さになるように、真赤な液体を注ぎました。

四人の子供は、手品でも見るように、じっと母の手許《てもと》を見つめました。

「あ、それが少し多い……」

などと言ったりしたものです。

クリスマスの夜など、きげんのいい父は、母にも葡萄酒をすすめることがありました。

「たまには、お前もつきあいなさい」

母は自分用のごくごく小さいワイングラスに半分ほどつぎ、白砂糖を入れてお湯を注ぎます。母は全くの下戸《げこ》なのですが、こうするとおいしいといっていました。

小さい赤いグラスがカラになる頃、母の顔は代りに赤くなります。どういうわけか足の裏がかゆくなったといって足袋《たび》を脱ぎ、笑い上戸《じょうご》になりました。

私たち子供は、そういう母を、ちょっと綺麗《きれい》だなと思い、浮き浮きした気分で見ていました。家庭の幸福、などということばはまだ知りませんでしたが、そんなものを感じていたと思います。いつもは口吐言《くちこごと》の多い父も、母のほろ酔いには、文句を言いませんでした。

葡萄酒には、日本酒やウイスキー、ビールにない、妖しい雰囲気《ふんいき》がありました。大人になったら飲むことの出来る外国のお酒でした。

戦争が終り、畳とチャブ台は、ダイニング・キッチンとなり、葡萄酒はワインになりました。でも、まだ私はワインに対して固くなっています。

随分馴《ずいぶんな》れたようですが、まだ、どこか背伸びをして、見栄を張っているのです。ゆったりと自由に、このお酒を楽しむようになりたいと思っています。

ベルギーぼんやり旅行　小さいけれど懐の深い国（抄）

大馬小エビ篇

アダモ。

シムノン。

ブリューゲル。

いきなり三題噺《さんだいばなし》みたいで恐縮だが、「雪が降る」のシャンソン歌手と、メグレ警部生みの親と農民画の大家の共通点は、三人ともベルギー生れということである。これもベルギー行きの飛行機のなかで知ったことで、私にとってベルギーは「白耳義《ベルギー》」であった。

ヨーロッパの真ん中へんのゴチャゴチャしたあたりに、白い耳と書く小さな国があるな、という程度だった。

目は花のパリやローマに向き、格別行ってみたいとは思っていなかった。

ところが、味に関して「違いのわかる」人たちが口を揃《そろ》えて、

「ベルギーはいいですよ」

とおっしゃる。

ものによってはフランスよりおいしい。食いしん坊にとって最大の穴場ですとそのかされ、世界でも珍しい猫祭りもあると言われるとじっとしていられなくなった。


生ハム。ムール貝。ウナギの稚魚。舌ビラメ。鱒《ます》のくん製。兎。噂に違《たが》わず見事だった。

料理としてはフランス料理の親戚すじだが、材料に自信があるせいか、ソースなどに悪凝《こ》りしない。持ち味を生かしたやり方である。舌に媚《こ》びる嫌味がない。おなかにもたれないし、第一値段が安い。オードブルからデザートまで、かなり豪快に食べて、一人五千円ちょっと。パリの半額である。

感動したのは、野菜のおいしさだった。

まず、じゃがいも。

北海道のが男爵いもだとすると、これは公爵である。甘くて香りがあって、これこそ土の恵みという気がする。

トマトも、名産のアンディーブも感心したが、うなったのはカリフラワーである。カリフラワーのことを「大学出のキャベツに過ぎない」と言ったのは、たしかマーク・トウェインだったと思う。うまいことを言うもので、みかけはチリチリとパーマなんかかけて気取っているけれど、どう料理しても水っぽく、味に腰というものがない。シャッキリせい！　というところだったが、ベルギーのカリフラワーは違うのだ。

まず小さい。日本のようにダランと形だけ大きいのとは違って、拳骨《げんこつ》ぐらいの大きさで、肌理《きめ》こまかく純白。固く引き締まった姿のよさは、ミロのヴィーナスではないが大理石の彫刻をみるようで、そのまま机の上に置いて置き物にしたいほどである。

小房に分け、塩をつけてかじると、あくもえぐみも全くなし。歯ざわり、香り、味と三拍子揃った絶品で、私は素早く他人様《ひとさま》の分まで頂戴《ちょうだい》した。

説明があとさきになったが、私が舌つづみを打ったのは、首都ブリュッセルの中心広場グラン・プラス裏の食堂横丁にある大衆的な店である。

東京の新宿や池袋の駅前通りの横丁と思えば間違いない。威勢のいいオニイさんの呼び声もそっくりである。

おなかにゆとりが出来ると、まわりの景色も落ち着いて目に入る。

グラン・プラスは、ビクトル・ユーゴーが世界で一番美しい広場といった広場である。

ユーゴーは、ナポレオンの弾圧を避けて、このあたりにかくまわれていたとかで、少しはお世辞も入っているかも知れないが、たしかに凄《すご》い。

十五世紀に建てられた市庁舎をはじめ、四方の建物が王の館であり、ギルドハウス（職業組合）である。

染め物屋や洋服屋の寄り合い所、ビール業者の取引所が、それぞれ相手を威圧するように趣向を凝らした飾りをつけ、金箔《きんぱく》を惜しげもなく使った建物できそい合っている。

市のほうもそこは抜かりなく、夜になると建物にライトをあてる。広場はそのまま中世の博物館になり、食べすぎた観光客は、みな口をあけ、圧倒されて立ちつくしていた。一夜あけると、この広場には花や小鳥の市が立ち、全く別のやさしい顔をみせる。

中世がそのまま残っているのはブルージュである。

ブリュッセルから汽車か車で小一時間。

町のなかを曲りくねった運河が流れ、小さな五十の橋がかかっている。

私はこの町に一泊したが、嬉しいのは、まだ観光ずれしていないことである。

北のベニスといわれ、有名なベギンホフ修道院、白鳥名物のレース屋とお膳立ても揃って、チョコレートの箱の絵みたいに、気恥しくなるほど美しいのだが、この町の人は、己《おのれ》の町の美しさに気がついているのかいないのか、実におっとりしている。

私が泊ったのはクロイスという小さな宿屋兼レストランである。内部はモダンに改装してあるものの、ヴァイキング・ハンザ同盟などという時代の建物だらけだから、中世の歴史のなかで眠ったような気分になる。

ここの食事が素晴らしかった。

特にオマールに葱《ねぎ》をあしらった一皿に、私は溜め息をついた。ざりがにの赤と葱の薄緑が淡い黄金色のソースと溶けあって、そのまま絵になっている。

味は――私は文章を書きはじめてまだ日が経っていない未熟者なのが口惜《くや》しい。この味を正確に伝えるためには、丸谷才一、開高健両先生の舌と筆をお借りしたいなあと思うだけである。オードブルから始まって、シャーベットで一休み、ついでチーズとデザートが終って、値段は一万円。

ご馳走《ちそう》さま、おいしかったわという、それだけは言えるフランス語を、私は丁寧《ていねい》に呟《つぶや》いて最敬礼をした。

ベルギーは九州ほどの大きさだから、ブリュッセルから一時間も車で走ると、ドーバー海峡に出てしまう。

オストダンケルクは、その名の通り有名な激戦地ダンケルクの東にある海岸の町である。ここは、馬を使ってエビを獲るので知られている。

エビ鯛というのは日本の諺《ことわざ》だが、ここではエビ馬なのである。

馬を海に乗り入れ、網を引かせるわけだが、その馬の大きいこと。※グラバンダーという種類で、馬券のために競馬場を走っているサラブレッドの倍はある。脚なんか松の根っ子のように太く、房々とした毛におおわれてたくましい。堂々とした体軀《たいく》なのに、海に入るせいか尻尾がチョボンとおしるしほどしかないのがユーモラスであった。

この馬に打ちまたがる漁夫が、頰《ほ》ッペタのまっ赤な、ブリューゲルの絵に出てきそうな大男なのだ。

二馬力の馬に二人力の乗り手とくれば、どんな大きなエビかと思うが、これがサクラエビをちょっとデブにしたような小エビである。

ところが、このクルベットと呼ばれる小エビが実に濃厚な味をもっている。

茹《ゆ》でて生のトマトに詰めたものもいいが、私は茹でたのをそのまま食べたのがおいしかった。

小粒なくせに味は一人前である。

形ばかり豪華な伊勢エビよりコクがあり、味に深味がある。土地の人に、頭と尻尾をとるコツを習って、むしりむしり食べていると、あと引き豆ではないが、いくらでも食べられる。

食べているそばで、このエビを海から獲ってきた巨大な馬が、目かくしの横から目をのぞかせて、こっちを見ている。

これがベルギーだなと思った。

吹けば飛ぶような小国だが、中身はびっくりするほど豊かである。アフリカにコンゴという植民地を持ち、蓄えた財力を金融資本に廻して、この国は見かけよりもはるかにご内福らしいのである。

そう思って眺めるせいか、車で見かける国道脇の家は、そのまま日本に持って帰ってレストランにしたいわねえ、と口走ってしまったほどであった。赤レンガの中世風の建てかたで、一軒一軒みな違っているのに、大きくまとまるひとつの風景画になっている。

ベルギーの人は、はにかみ屋である。

料理と同じように、素朴で実《じつ》があるけれど、ラテン系のように、人を浮き浮きさせるお世辞は言わない。実直で、融通の利《き》かないところもあるらしい。

だから弱虫かというと、決してそうではないのだ。

ブリュッセルは爆撃にも合わず、五百年六百年昔の建物を今に残している。EC（ヨーロッパ共同体）本部は、中世の赤レンガの建物のなかでひときわ目を引く鉄とガラスの鋭角的なビルだが、見ていると、ベルギーは京都と似ているなと思った。

右にも左にもおもねらず抗《あらが》わず、身をまかせると見せてやわらかく身をこなし、祇園《ぎおん》ではないがＥＣという貸席で、ちゃんと世界の中心に納まっている。

京都の家は、みかけは小さいが奥が深い。

ベルギーという国も、多分、知れば知るほど懐《ふところ》が深いのだろう。

ベルギー食いしんぼう旅行のハイライトはシャトー（城）での晩餐会《ばんさん》である。

赤坂離宮の倍も三倍もありそうなシャトーである。ここも貸席になっていて、みごとな部屋でみごとな料理がいただける仕組みになっている。

それにしても、何百年か前に建てられた城で、台所のほうはどうなっているのだろう、百人からの客を引き受けて、コックの数は、などと心配するのはヤボというもので、これは出前なのである。

料理のおいしさを賞めたら、給仕長が恭《うやうや》しく店名の入ったカードを差し出した。その礼儀正しさと格調高い商売っ気に私はもうひとつ感心をした。

ところで、ベルギーの料理にはベルギーの酒である。特にビールは。

七色ビール篇

トラピストといえば、日本の食いしん坊はバターやチーズ、クッキーを連想する。

ところが、ベルギーではビールなのだ。中世の頃から、修道院のなかで修道士がビールをつくっていた。日本のお寺はんは作ったところで雁《がん》もどきや大徳寺納豆などの精進《しょうじん》料理で、般若湯《はんにゃとう》のほうは裏口からこっそりだが、アチラは堂々とアルコールを作り、しかも販売ルートにのせている。数ある修道院ビールのなかで五種類が今も残り、それぞれの修道院の名前と共に「トラピスト」という総称ラベルをつけて根強い人気があるらしい。

フランス人でも、シャンパンやリキュールを創ったのは坊さんである。

食事のとき水を飲む、というので、アメリカ人を「蛙」と馬鹿にするというはなしを聞くにつけても、ヨーロッパの人にとって、暮しと酒は切り離すことの出来ないシャム双生児らしい。入院患者の食事にも、ワインのつくお国柄なのだ。

ビール工場を見せてくれるというので勢い込んで出かけたらこれがブリュッセルの街の真ん中なのである。しかも倉庫だった。何百年前に積み上げたのか、古くなった赤煉瓦《あかれんが》は建造物としては風情《ふぜい》があるが、大分くたびれている。

ところが、一歩中へ入ると、これがビール工場なのである。ただし、働いているのは、五、六人の冴えないオッサンで、肘の抜けたセーター姿でうす暗い中で実にのんびりと、鼻唄まじりで手を動かしている。気が向けば一生懸命にやるが、気が向かないとくわえ煙草《たばこ》でサボっている。

ロボットが自動車を組み立てるという時代なのに、何から何まで、人力である。機械のほうも大時代な代物《しろもの》で、はっきり言ってあまり清潔とは言い難《がた》い。

専用のビンもないらしく、ヨーロッパのほかの国から古ビンを買ってきて、傷がないかひとつひとつのぞいては調べて使っている。村のビール密売所を拝見したみたいで拍子抜けしてしまった。

帰ろうとすると、冴えないオッサンが、

「いっぱい飲んでくかね」

という感じでついでくれる。

これもジョッキなどという洒落《しゃれ》たものではない。

「おまけについてくる」式の、落としてもぶっこわれない安直なグラスである。

大して期待もしないで、ぐっと飲んだら、これがおいしいのである。

やわらかいビール。丸味のあるビール。麦の匂い立つビールなのだ。

見学は各国から集ったかなりの数のジャーナリストが一緒だったが、ほかの連中も私と同じだったらしい。今まで小馬鹿にしたような顔をしていたのが急に目を輝かせて我先《われさき》にとお代りを頼んでいる。勿論《もちろん》私も二杯目を頂いた。

日本のビールのようにキリッとはしていない。濁《にご》っているのではないかと思うほどの濃い色をしている。ヤボったい香りと味がビールのドブロクという感じで何ともいい。

おみやげに持って帰りたいと思ったが、生《なま》なので長くは持たないというので残念だがやめにした。ファロ（FARO）という銘柄なのだが、何と印刷したラベルもないのである。おいしければ、そんなことはどっちだっていいらしい。そう思って眺めると、冴えないオッサンと思っていた人たちまで味のある顔に見えるから不思議である。

期待していなかった分だけいい気持にほろ酔いになり、おもてへ出て振り向くと、建っているのはやはりろくに看板も出ていない赤煉瓦の倉庫である。

酒というのは、こういうところで、人間の手で気分まかせにつくるのが本当だなという気がした。

ベルギーの名誉のために書き添えるが、ビール工場のなかでもこれは例外らしい。

郊外の、絵に描いたような美しい街に、どっしりと建つお城のようなビール工場もあった。外見は赤煉瓦の中世風な建物だが、中は白いタイルと銀色の清潔な機械がオートメーションで動く、モダンな工場もあった。

不透明の珍しい白ビールから赤ビール、黒ビールまで七色のビールがありますというが、その通りである。

朝の寝起きに、オムレツと一緒に飲んだら目が覚めるだろうな、というような軽いのから、「これ、本当にビールなの」

焼酎《しょうちゅう》かジンみたいなのもあった。

サクランボから作るという、ジュースみたいな女性向きのビールもあったし、黙って出したらシャンペンとしか思えない、品のいいうす桃色のもあった。

このシャンペン・ビールは、ビールの中でも特別扱いで丁寧に一本ずつ包装紙にくるまれ、シャンペン待遇を受けていた。

ビールのおつまみとして、ベルギーの人たちがすすめるのは、生ハムである。

有名なイタリアのパルムの生ハムにくらべると、少し塩気があるが、こなれた塩気は薄く切るとビールに合って、麦と豚はどうしてこんなに相性がいいのだろうと不思議になる。

もっとも私が食べたのはアルデンヌ地方の生ハムである。ベルギーの生ハムにはもうひとつフランダース・ハムというのがある。それぞれ熱狂的なファンがいて、自分の支持するハムのほうがおいしいというので言い争いになることがあるというから、ちょっとした源氏と平家である。

ベルギーは平べったい国である。

一番高い山は三百メートル。

なにしろ滝というのがたったひとつしかないのだから、山あり谷あり、山のてっぺんまで耕して、千枚田に田毎《たごと》の月を見ようという日本とは大違いである。

平べったいベルギーのなかで、アルデンヌという地方は、わずかだが起伏がある。つまりなだらかな丘があり森がある。川も流れている。

鹿や猪《いのしし》がおいしいという。

時季はずれだったので、角や牙《きば》のあるものは賞味することは出来なかったが、その代り絶品の川マスを味わった。

レストラン兼ホテル、ホテルというより旅籠《はたご》といったほうがいい。こぢんまりした店で、つい今、釣ってきました、というのが出てきた。

香草で香りをつけた、つまり香油を薄く塗ってあぶり焼きにしただけなのに、これが脂《あぶら》がのってみごとな味なのだ。

世話をやいてくれるのは、このレストランのあるじのおかみさんである。これも脂がのった中年美人で、胸を大きくあけた仕立てのいい服を着こなし、モンローのように高く張ったお尻をゆすってテーブルの間を行ったり来たりする。

あるじのほうは、料理の腕はベルギーでも、一、二を争うというのだが、見かけは内気なフランキー堺《さかい》風である。

この内気フランキーが、酒蔵を見せてくれるというので、あまり期待しないで地下へ下りて肝《きも》をつぶしてしまった。

その大きいこと立派なこと。温度、湿度を完璧にしたみごとなものである。ビンのまわりに青カビが生えたような年代もののワインが気の遠くなるほどならんでいる。一本いくらとして――と同行のワイン通のかたが計算をしていたが、天文学的な数字になるらしい。見かけは大したことない村のレストランの下に、こんな物凄《ものすご》いワインセラーが眠っているのだ。

「奥さんとこの酒蔵とどっちが自慢ですか」

と聞いたら、内気フランキー氏は実に切なそうな顔になった。

内気フランキーのおかみさんはかなり色っぽかったが、あとはドキンとするような美女には出逢わなかった。

殿方の目からみたら、また別かも知れないが、ベルギーの女は、色気よりも実で勝負をしているようにみえる。

前の章で書いたブルージュのクロイスというレストランの女あるじも美人だったが、触ればなば落ちんではなく、さわったらカチンと音がしそうな、固い色気だった。お愛想もいいのだが、世話女房的でご一緒したA記者が煙草を頼むと、

「あなたは喫《す》いすぎですよ」

といって売ってくれない、といった按配《あんばい》である。

その代り、掃除の行き届いていることといったらない。

飛行機がブリュッセル空港に着陸する前に、私は窓から下を見た。三角定規で線を引いてもこうはゆくまいと思えるほど、キチンと区分された畑がならんでいた。

空港からの道にもゴミひとつ落ちていなかった。

おいしいおいしいでビールを頂くと、当然行くべきところへ通う回数も多くなる。そのたびに私は感心していた。

いろいろなところで拝借をしたが、どれも驚くほど清潔であった。

朝早く、ホテルを出て街を散歩した。ベルギーは平べったい国だと書いたが、面白いことにブリュッセルの街は、ゆるやかな坂の街である。

まだ人気《ひとけ》のない坂の石畳を、何かしら白いものが流れてゆく。白い泡は洗剤であった。一人の中年婦人が、自分のうちの前の石畳を、洗剤で洗っているのである。

石畳は、中世そのままの、馬車が滑らぬようにつくられた、石を埋め込んだゴツゴツしたものである。何百年かの歳月で石は磨《す》り減りピカピカに光っている。それをもっと光らせようとしているのだ。

この国の女は、きっと身持《みもち》がいいのだろうなと思った。

そういえば、ベギンホフと呼ばれるこの国の修道院には、修道女だけでなく、普通の家の女たちも入ることが出来たという。

十字軍で夫が出征したあと、妻たちは自分の家を出て修道院に住み、夫の帰りを待っていた。妻たちの敵は家の外より内にあったということかも知れない。このときの手仕事が後にベルギー名物となったレース編みだったというのだからおみごとである。

修道士はビールをつくり、女はレースを編む。私は中世のおこぼれを頂戴しながら、ポッカリと抜けているヨーロッパの中世史を勉強してみようかなという気になった。

※ブラバントのこと?

小説　寺内貫太郎一家　より

蛍の光

ミヨ子は卒業式の歌を歌っていた。

新潟の高校の講堂である。セーラー服のクラスメートにまじって、ミヨ子は声を張りあげて歌った。

「仰げば尊し　我が師の恩　教えの庭にも　はや幾とせ」

ミヨ子の横の、肥った加代ちゃんがワッと泣き出した。釣られて、あちこちからすすり泣きが起った。ミヨ子も涙をポロポロこぼしながら歌いつづける。

「思えばいと疾《と》し　この年月《としつき》　今こそ別れめいざさらば」

泣き過ぎて目が覚めた。卒業式の夢を見ていたのだ。枕もとを見ると目覚時計がない。フトンの中から出てきたが、針は七時に近かった。

「すみません。目覚し鳴ったの気がつかなかったんです」

小さくなって茶の間に入ってゆくと、待ち構えていたようにきんが嫌味を言う。

「おうおう、お嬢さまのお出ましだ」

里子や静江が、「一年中で一番眠たい時期ですものねえ」「若いから眠いのよ」と取りなしてくれるが、虫の居所が悪いのか、今朝のきんはいやにミヨ子にからむ。

「今の人は楽だわねえ、使用人が一番あとから起きてきたって、笑って済ましてもらえるんだもの。あたしらの時分にゃ、寝坊でもした日にゃ申訳なくってさ、ご飯ものど通んなかったけどねえ」

大口あいてパクつきかけていたミヨ子は、箸《はし》を手に立ち往生してしまった。貫太郎が助け舟を出してくれる。

「寝坊したくらいでメシ遠慮してたんじゃ、ミヨちゃん痩《や》せちまうわなあ」

「あたし、すこし痩せたほうがいいんです」

「何言ってんだ！　若い娘はな、ブクッと肥って、ケツなんかバーンとしてるほうがいいんだ！」

「ケツだって。お尻っていやあいいでしょ」

里子がたしなめる。

「どっちだって同じだ。大体、この頃の若い者は痩せすぎだよ。静江も周平もしっかりメシ食ってもっと肉つけなきゃ駄目だよ」

「世の中に一人でもデブ増やそうと思ってら」

周平のひと言にみんな吹き出した。雰囲気《ふんいき》が和《なご》んだところで、静江が聞く。

「ミヨちゃん、何を習うか決まったの？」

「お料理よか洋裁のほうがいいかなって迷ってるんです」

「四月で時期もいいし、夜でも習いものをしたらって言ってるんですよ」と里子がきんに説明した。

「なんだ。ミヨちゃん、洋服屋になりたいのか」

「男の人はこれだから」

里子はあきれながら貫太郎に言ってきかせた。

「女も手に職があったほうが心強いんですよ。お嫁に行ってご主人がポックリってことだってあるでしょうしさ」

「丈夫な奴、探しゃいいんだ！」

気短《きみじか》な貫太郎は、もうどなっている。

「丈夫な人ほどあぶないんですよ。そういうときお料理じゃ食べられないけど、お洋裁の心得がありゃ、何とかやってゆけるでしょ？」

「あきれたよね。今からミヨちゃんが未亡人になる心配してんだから」

周平が笑いながら、誰も習わない合気道や空手をやれよ、とそそのかして、皆にたしなめられたり、きんが料理なら外へ習いにゆくことはない、あたしや里子さんを見て覚えりゃいいと、言い出したり、静江の意見で美容師に心動いたり――食事そっちのけで話がはずんだ。ミヨ子は、寝坊のバツの悪さはどこへやら、しあわせいっぱいだった。旦那さんはじめ家中が自分のために心配してくれる……。

「それでさ、月謝はどうするの？　うちで全部出すの？」

きんの言い方は少し冷たい。

「一応ミヨちゃんが半分、うちが半分応援するってことで――ねえ、お父さん……」

里子が気を使う。静江も、ミヨ子の気を引き立てるように言ってくれる。

「ミヨちゃん、ノートなんか買わなくちゃね」

「オレのルーズリーフ、やるよ」

ミヨ子は、もう学校へ行っているような気分だった。

「やっぱり質問なんかされるのかな、ハイハイ！　なんて――出来ないと困るな、あたし。それからクラブ活動なんてのもあるんでしょうか」

「ミヨちゃん、しあわせねえ。いい時代に生れてさ」

嫌味を言いかけるきんに気づいて、里子はさりげなくミヨ子に台所へ立つ用を言いつけた。ハミングしながら弾む足どりで出てゆくミヨ子に、きんはまだ呟《つぶや》いている。

「あれが『女中』の態度かねえ」

「おばあちゃん、今は『お手伝いさん』なんですからね」

「時代が違うんだよ」

ミヨ子と同じ十七の年からこのうちに女中として住み込んで、半世紀を働き通したきんは、何となく面白くないらしい。


散々迷った末に、ミヨ子は料理学校へ通うことに決めた。買物の帰りにもらってきた入学願書を、イワさんとタメ公に見せた。イワさんは老眼鏡をかけ直して願書を拾い読みしながら、

「入学祝をしなきゃいけねえな」

と言う。

「いやだイワさん。料理学校っていったってスーパーの二階の、ちいさなとこよ」

「どんなとこだって入学は入学だよ」

タメも、兄貴ぶったとこを見せたいらしい。

「保証人になってやろうか」

「悪いけど旦那さんがなってやるって」

「ああ、そう……」

顔なじみの郵便配達が、ここに置くよ、と合図して、郵便物を石材の上に置いて行った。

「ご苦労さま！」

今日のミヨ子は弾んでいる。一通はタメ公宛《あて》だが、これは飲み屋の請求書か月賦《げっぷ》の催促に決っている。大体、イワさんとタメ公のところに手紙なんぞ来たためしがないのだ。もう一通の大型封筒はミヨ子宛である。写真在中、裏をかえすと、新潟の二字と見覚えのある下沢加代の名前が飛び込んできた。タメがのぞきこむ。

「新潟か——うちからだろ？」

ミヨ子は封を破りながら明るく言い返した。

「うちなんかないもん」

イワさんがタメ公の耳を引っぱって、小さくたしなめた。

「馬鹿。親も兄弟もねえっていったろ！」

「あ、いけねえ」

「高校のときのお友達よ」

中から写真が出てきた。三十人ばかりの高校生が卒業免状を手にならんでいる。

「ウワア！　卒業式の写真だわ」

イワさんとタメものぞきこむ。

『仰げば尊し　我が師の恩』てやつだな」

「ウァァ！　町田先生、すました顔して！　ね、これ、道江ちゃん。この人一番なの。すっごく頭よさそうでしょ。乾物屋《かんぶつや》の子なのよ。この子ね、竹井クン。勉強出来ないけど逆立ちやらせたらクラスで一番なの。それからねえ」

写真を見せてまくしたてるミヨ子に、タメが聞いた。

「ミヨちゃんどこだよ」

「え？」

「ミヨちゃん――」

ミヨ子は、フフと小さく笑った。

「あたし、いるわけないじゃない」

「え？」

「あたし、卒業式してないもの」

ミヨ子は買物かごの中に写真をポンとほうりこむと、明るく歌いながら母屋のほうへ出て行った。

「思えばいと疾し　この年月　今こそ別れめ　いざさらば」

イワさんとタメは顔を見合せた。

「そうか。ミヨちゃん高校中退か……」

中庭の井戸のあたりまで入ってきたミヨ子の歌声が止んで足がとまった。買物かごから写真を出して、ゆっくりと眺めた。熱い塊が胸のあたりから、ぐぐっと上ってきた。今朝、卒業式の夢を見て泣いたことを思い出した。

「ミヨちゃん！」

周平の声だ。鼻の先にツーンと抜けかかった涙をあわてて追っ払ってみると、周平とガールフレンドのマユミちゃんが縁側に腰掛けている。

「いらっしゃい！」

マユミちゃんは、箱にはいった小枝チョコレートをミヨ子に突き出して、屈託なく笑いかける。

「食べない？」

「頂きます」

三人は、丈夫な歯を競うようにポリポリと食べた。

突然、周平が言った。

「オレ、一四七八年だと思うなあ」

「一四九二年！」

ミヨ子にはサッパリ判らない。

「なんですか、それ？」

「ナントの勅令《ちょくれい》ってあるじゃない？　あれの年号」

「一五九八年」

自分でも気がつかないうちに、ミヨ子は言っていた。周平はキョトンとしていたが、マユミちゃんは、

「そうよ。ナントの勅令は一五九八年よ！」

感心して叫んでいる。周平は信じられない、といった顔で、ミヨ子を見た。

「ミヨちゃん、凄《すご》いじゃない」

「あたし、年号は強いんだ」

「皮肉だよな。大学受けるオレが出来なくてさ、ミヨちゃんみたいに覚えてたって役にたたない人間がスラスラ言えるんだもんな」

マユミちゃんも口を揃《そろ》えていう。

「ほんとよね。ミヨちゃん、高校どこだっけ？」

「……ごちそうさまでした」

ミヨ子は家へ入って行った。

「彼女、高校は新潟じゃないかな」

「田舎の学校って、割と年号やなんかちゃんと教えるのよね」

「そういう感じ」

傷つけたことなど夢にも知らない周平とマユミちゃんの声が、ミヨ子の背中に突き刺さった。

熱い塊は咽喉《のど》のところまで来ている。ミヨ子は自分の部屋に飛び込んで、ワッと泣きたかった。行きかけたが、茶の間で里子ときんが十時のお茶を飲んでいた。

「入学願書もらってきた？」

里子がミヨ子の赤い湯吞に熱い番茶をついでくれる。

「保証人のとこ、お父さんにハンコ押してもらっていらっしゃい」

草大福を食い千切《ちぎ》っていたきんが、買物かごをのぞきこみながら催促した。

「ミヨちゃん、あたしの頼んだもの——どうしたの」

「え？　あ」

「え、あ、じゃないだろ。お線香」

「いけない！」

「忘れたの？」

「すみません」

「自分の入学願書は忘れないけど、肝心の頼まれたものはケロッと忘れるのねえ」

「ちょっといってきます！」

「わざわざでなくていいですよ。お使い立てするといけないらしいから」

里子が、「おばあちゃん……」と目で止めるが、きんは止めない。

「お嬢さまの気してるらしいけど」

「そんなことありません。あたし、自分がちゃんと『お手伝いさん』だってこと」

「ちょっと、もういっぺん言ってごらん」

「え？」

「あんたさ、いま、自分のこと、何て言ったの」

「『お手伝いさん』……」

「『お手伝いさん』か。おがついてさんがつくんだねえ、近頃は。あたしらの時分には女中っていわれたもんだけどねえ」

熱い塊がぐっと上ってきたが、ミヨ子は唇をかみしめて、涙をこらえた。

事務所へお茶をもってゆくと、貫太郎は、静江に言いつけて、金庫から実印を出させた。貫太郎らしいドッシリと大きな、気に入りの印である。

「書類、書きこんだら、オレが押してやろう」印にハアハアと息を吐きかけて待っている。

嬉《うれ》しいのだか悲しいのだか判らないが、ミヨ子の口許《くちもと》にまた熱い塊が上ってきた。

「あら、ミヨちゃん、どうして中卒なの」

書類に保証人の住所を書き込んでいた静江がたずねた。

「最終学歴のとこ。ミヨちゃん、高校出てたんじゃないの?」

「中退なんです。五月にお母ちゃんが死んで、叔父さんのうちに預けられたんですけど、お店やってるうちで凄く忙しいんです。学校、行きづらくなって——一学期でやめました。役場の樋口さんにも、あと半年だからって言われたんですけど」

「そうお……」

「今から考えると、強情はらないで卒業しときゃよかったな、って思うんです。なんて言っても仕方ないですよね」

ミヨ子は、フフフとせいいっぱい明るく笑った。

「高校中退なんてミミっちくていやだから、中卒って書いたんです」

「クヨクヨすることないわよ、ミヨちゃん。五体満足なんだもの、平気平気」

静江は立って、左足を引きながら、父のデスクの前に行き、書類を差し出した。貫太郎は印を押してやりながら――二人の娘の言葉が胸に痛かった。


昼食の味噌汁をよそいながら、ミヨ子は自分の手がかすかに震えているのに気がついた。さっきから、一人になって泣きたかった。しかし、その閑《ひま》もなく、お昼になってしまった。気がたかぶっている。粗相《そそう》をしないように……気をつけて、お椀《わん》をみんなの前に置いた。

周平がおかずの文句を言っている。

「なんだよ。この精進揚《しょうじんあげ》さ、ゆうべの残りものじゃないか」

「おひるはね、いちいちご馳走《ちそう》なんか作っていられないの」

里子は、おかずにうるさいきんに、一番大きなかき揚を取り分けている。

「オレ、油もの食うと眠くなるんだよな……」

「嫌なら食うな。男のくせにおかずの文句言いやがって」

昼前の、静江とミヨ子の言葉が尾を引いているのか、どことなくムッとしていた貫太郎が周平をにらみ据えた。

「あれ、自分だって文句言うじゃないか。甘いとかショッパイとかさ」

「学生の分際で生意気だっていうんだ。勉強したくたって出来ない人間だっているってのに、親のスネかじってヌクヌクしてやがって」

「スネかじってどこが悪いんだよ」

「何だと！」

「オレだってね、親のないうちに生れてりゃ、それなりにやってんだよ。迷惑だって言うんだよ。貧乏なうちに生れりゃ親孝行だって出来るけどさ、普通のうちに生れりゃ、普通にしてるしか仕方ないだろう」

「贅沢《ぜいたく》いうなっていってんだ！」

「食いたくないもの食いたくないと言って、どこ悪いんだよ！」

「この野郎！」

殴りかかる貫太郎を、里子が止めた。

「お父さん、口で言ったって判るでしょ。今ぶったら、あと——今日一日、勉強にさわるじゃありませんか」

「ブン殴られてさわるような頭なら余計《よけい》叩き直さなきゃ駄目だ！」

「よして下さいよ」

体当りで周平をかばった里子の頬《ほお》に、貫太郎の平手がバーンと鳴った。ミヨ子の咽喉に熱い塊が、ぐーんと突き上げた。

「おかみさん！」

ミヨ子は里子をかばい、貫太郎にむしゃぶりついて行った。

「なんてことするんですか、旦那さん！」

抑えていたウップンが、セキを切って爆発した。

「いつもそうなんです。おかみさん何にもしないのに、何かっていうとぶって！　かわいそうじゃないですか！」

大木に蟬《せみ》がとまったように、貫太郎の胸にしがみついてゆさぶる。

「おうおう、一丁前の口利いてまあ」

「ミヨちゃん、よせよ」

「あんたはいいのよ、ミヨちゃん」

止める家族の声も、もうミヨ子の耳には入らない。

「旦那さん、おかみさんのこと、何だと思ってんですか」

「子供は引っこんでろ」

多少、手加減しながら、貫太郎はミヨ子を突き飛ばした。ぶっとびながら、はね起きて、またミヨ子はぶつかってゆく。

「旦那さん、謝って下さい！　手ついて、おかみさんに謝って下さい！」

「女房に謝るバカがあるか。のけ！」

「いいえ、謝って下さい。謝るまでは、あたし――あたし――」

ミヨ子は大きくあえぎながら、ハッキリとこう言った。

「ごはん、食べません」

「ミヨちゃん、あんたどうしたのよ」

殴られた頬も忘れて、里子はミヨ子の肩をゆさぶった。

「ミヨちゃんがハンストすることないよ」

周平も叫んだが、ミヨ子は、一言も口を利《き》かなかった、貫太郎をにらみ据えて出て行った。

「フン、どいつもこいつも生意気ばっかし言いやがって」

さすがの貫太郎も、毒気を抜かれたように呟いた。

ミヨ子は、自分の部屋に坐っていた。卒業式の写真を出して眺めたが、もう涙は出なかった。その代り、何故《なぜ》か体がブルブル震えてとまらなかった。

味気ない昼食が終った。

ポツンと空いているミヨ子の席を見ないようにしながら、みんな一言も口を利かなかった。

食後のお茶を飲みながら、きんが思い出し笑いをした。

「面白いねえ。『手ついておかみさんに謝って下さい』だってさァ」

「おばあちゃん、およしなさいよ」

里子が止めたが、きんはつづける。

「『謝るまではあたし、ごはん食べません!』」

「タンカとしては最高だよ、オレ、しびれちゃった」

「周平、あんた二階いって勉強しなさい」

里子は周平を追い立てながら、首をかしげる。

「それにしても、あんなに怒ることないと思うけど――どうしたのかしら」

貫太郎は、爪楊子をポイと吐き捨てた。

「ガキのヒステリー、いちいち真にうけることないよ!」

漬物に手をのばしながら、きんも言う。

「まあ、おなかがへりゃ食べにくるさ」

「食べたい盛りですものねえ」

言いかけて里子はハッとした。赤い鉢巻をキリリと締めたミヨ子が、お盆を持って入ってきた。隅から隅までズイッと――という感じで、全員をにらみ廻した。

「片づけさせて戴《いただ》きます」

「ミヨちゃん、あんたごはんまだ食べてないじゃないの」

里子の手から、引ったくるように皿小鉢をもぎ取る。きんが頓狂《とんきょう》な声を立てた。

「あれ！　本当にやる気だよ」

「ミヨちゃん、食べないとおなかすくわよ」

「あたし、ごはんは食べないけど、いつも通り、ちゃんと働きますから」

有無《うむ》を言わさず運んでゆくミヨ子に、きんは声をひそめてこう言った。

「里子さん、あの子、まさか『アカ』じゃないだろうねえ」


午後からのミヨ子の働き方は凄《すさ》まじかった。うち中の靴を縁先にならべて、ピカピカに磨きあげた。

〽やあると思えば　どこまでやるさ
　それが女の魂じゃないか
聞き馴《な》れない労働歌を歌いながら、ムキになって働いている。静江が声をかけた。
「ミヨちゃんの気持もよく判るのよ、でもねえ」
「世の中、不合理なことが多過ぎると思うんです。誰かがそういうこと言わないと、いつまでたってもよくならないと思うんです」

こうなると、手がつけられない。何か言いかける里子の口を封じるように、ミヨ子は切口上で言う。

「おかみさん、用、いいつけて下さい。いつもの通り働かないと気がすまないんです」

里子をおどかすようにしてお使いの用を聞き、ちょうど入ってきた貫太郎をぶっとばすように飛び出して行った。

「そとでアンミツでも食べてくるのさ」

というきんに、周平が突っかかった。

「何てこと言うんだよ、ばあちゃん。ミヨちゃんはそんなことする人間じゃないよ」

ゆっくりと三時のお茶を飲んでいたイワさんは、赤い鉢巻のまま、小鼻をふくらませてお使いに飛び出してゆくミヨ子を呼びとめた。

「すまねえけど、一パイついでくれや」

それから、ニヤリと笑ってほめてやった。

「なかなかよく似あうぞ」

「あら、やだ……」

ミヨ子は赤い鉢巻を取った。

「スト、やってんだって」とタメ公も寄ってくる。

「オレさ、ストっていうから全ストかと思ってよ」

ツンタカタッタ、ツンタカタッタ、「アンタも好きねえ」とやらかすタメ公を、ひとつブン殴っておいて、イワさんはくるりと後ろを向いた。腹巻から小汚いがま口を出すと、千円札を一枚抜いて、ミヨ子のポケットに入れた。

「親子ドンブリでも食ってきな」

ミヨ子はハッとなった。千円札をイワさんに押しもどした。

「お気持だけいただきます」

最敬礼をひとつすると、バタバタと母屋へかけこんでいった。

茶の間にいた里子は、庭からサンダルを蹴散《けち》らすようにとびこんできたミヨ子にびっくりした。

「どうしたの？　忘れもの？」

「すみませんけど、おかみさんお使いにいって下さい。外で何か食べてきたと思われるの、あたし困るんです」

買物かごと、預った金を食卓の上に置いた。

「あたし、要求が通るまではうちの中で働かせて戴きます！」

台所で、洗いものを始めた。

「〽聞け万国の労働者」

メーデーにはまだ一月《ひとつき》早いが、そのつもりだった。しかし、そのあと知らないから、エンドレス・テープのように、そこだけ歌っている。

「お水を飲ませて戴きます！」

大声で宣言して、ガブガブと飲んだ。

「水だけだって十日は死なないって、本に書いてあったんだから」

気負って飲んでむせた。背中を里子が叩く。

「ミヨちゃん、あたしのこと心配してくれる気持はうれしいと思うのよ。でもねえ、何にも食べないで働いちゃ体に毒よ。ミヨちゃんにもしものことがあったら、ご両親になんてお詫《わ》びしたらいいか」

「おかみさん」

ミヨ子はキッとなって振り向いた。

「親が生きていたら、人のうちにお手伝いにきてません」

ミヨ子は、小走りに出ていった。いつの間にきたのかきんが立っている。

「里子さんは苦労知らずだわねえ」

「いい年して——あたしは駄目だわねえ」

「そこが里子さんのいいとこだけどさ」

こういうとき、何故《なぜ》かきんはひどくうれしそうである。

肩叩きは、空《す》きっ腹にひどくこたえる。

ミヨ子はきんの肩を叩きながら、台所から流れてくるフライの匂いを、嗅ぐまいとしてギュッと目を閉じていた。

「目つぶったって、匂いはするわねえ」

きんはお見通しである。

「鼻つまめば息出来ないし——困ったわねえ」

ミヨ子は口惜《くや》しい分だけドンドンと叩く。

「ミヨちゃん、図体は一丁前だけど、まだまだ子供だ……」

「そうかしら」

「あんたさ、貫太郎が里子さんのことぶったんで怒ったけどさ」

声をひそめて囁《ささや》く。

「他人じゃないのよ。夫婦なんてあんた、人前じゃあ、ジャケンな口利いてたって、かげへ廻りゃグルなんだから。あたしなんぞは、いつもそれでやられてんのよ。真にうけるほうが子供だわよ」

ミヨ子は、パンと大きく叩いて、

「十五分揉《も》んだから、失礼します」

出てゆこうとするミヨ子を、きんは呼びとめた。

「あんた、このうちにきたの、いつだっけねえ」

「一月の十六日です」

「あたしは、十二月の――暮も押し迫った頃だったわねえ」

別人のように静かな口調できんはつづける。

「その晩のおかずがとろろでさ、あたしはとろろが大嫌いだったんだけど、言えなくてねえ、『大好きです』って言って――寒い台所で目つぶってのみ込んだけど……『女中奉公』ってのは辛《つら》いもんだなあって、そのとき、しみじみ思ったわねえ」

なんでまた五十年も前のはなしをしたんだろ、といいながら、きんはミヨ子の横顔をチラッと見た。もう一押し、というところへ里子の声がした。

「みんな！　ごはんですよォ」

ミヨ子はいつも通り食卓に坐って、キビキビとごはんをよそい、おつゆをつける。みんな、ほっとした。強がってみせたところで、やっぱり子供だ、ハンストは、なしくずしに中止にしたらしい――。

「さあ、ミヨちゃんの好きなエビフライよ」

「鉢巻取って、お上んなさいよ」

「おなかは正直だ。いただきますっていってるよ」

きんが笑う。静江がソースをかけてやる。しかし、ミヨ子は皿を押しやって、宣言した。

「どうか、あたしにおかまいなく」

「ミヨちゃん……」

「仕事場片づけてきます」

パッと立つミヨ子に里子がいった。

「ミヨちゃん、ごはん、食べて頂戴《ちょうだい》な」

「食いたくないもの無理に食わせるな」

どなる貫太郎に、周平が食ってかかっている。寺内家いつもの小競《こぜ》り合《あ》いを背中で聞きながら、ミヨ子は出て行った。

人気《ひとけ》のない夜の仕事場はひどく寂しい。彫りかけの向い獅子も墓石も、シーンと静まりかえって、裸電球がゆれながら土間に黒い影を落している。陽のあるうちは、ほのかにあたたかかった石の肌が夜は冷たくなるのを、ミヨ子は初めて知った。ふと気がつくと、石の上にリボンをつけた包みがのっている。手に取ると、うしろに人の気配がする。静江の恋人の上条だった。

「あら、これ、上条さんのですか」

「う、うん。坊主のおみやげに、っていってね……」

「ああ。静江さんが——のせておいたんですね」

「昼間こられない時は、時々ね……」

「静江さん、呼んできます」

上条は、ミヨ子を目で止めて、たばこに火をつけた。

「ハンストやってるって聞いたけど……」

ミヨ子はコクンとうなずいた。うす暗いことも手伝って、ヘンに素直に話せるものがある。
一、二、三と指を折って、
「まだ七時間ですけど……」

「じゃ、おなかペコペコだ」

ええ、とうなずいた。上条はゆっくりとたばこをくゆらして、

「おふくろが死んだ時だったなあ。悲しくてねえ、メシなんか咽喉通らないと思ったんだ。

ところが、ちゃんと時分どきになるとハラがへるんだなあ」

「………」

「人間て奴は、悲しいっていうかおかしいっていうか……」

「………」

「強情はるのは、いいことだよ。でもねえ、素直になるのも……いいことだよ」

うしろに静江が立って笑いかけている。二人のあたたかい目に送られて、ミヨ子はうちへ入った。勝手口から足音を忍ばせて、自分の部屋に入った。裏返しにしてあった卒業式の写真をじっと見た。口の中で、そっと歌ってみた。

「今こそ別れめ、いざさらば」

ガタンと障子があいた。貫太郎である。

「馬鹿な真似はよせ。体こわしたらどうするんだ！」

声と同時にアンパンが二つ三つ飛んできた。

「旦那さん……」

パッと障子をしめて、行ってしまった。ミヨ子は、アンパンを手にじっとすわっていた。茶の間を通りかかった貫太郎は、みんなに呼びとめられた。「このままでいいんですか？」という。つるしあげである。貫太郎も謝らない。かえって里子をどなりつける。

「お前はだらしがないぞ！」

「あたしがですか」

「使用人の我がままを通させるなんて、主婦としてなってないよ！」

「そんなこと言ったって、食べないものをどうやって」

「フン縛《じば》っても食わせりゃいいんだ」

「人のことそしる前に貫太郎が謝りゃいいんだよ」

きんがくちばしを入れる。

「なんで謝る必要がある！　謝るのはそっちだろう。怒らせてすみませんでした――手ついて謝るのはそっちだ！」

さすがの静江もあきれかえった。

「ヘリクツもここまでくると一流だわね」

周平はカッとなった。

「オレ許せないな。お父さん偉そうなこと言ってるけどいくじなしじゃないか！」

「なんだと！　親に向って何て口利くんだ！」

女たちが止める間もなく周平は殴られたが、今夜の彼はひるまない。

「殴れよ。殴って気が済むんならバンバン殴れよ。親も兄弟もない十七の女の子が、一人で他人のうちで働いてるんだよ。そいでさ、お父さんあんまりだから、見るに見かねてハンストしたんじゃないか！」

「余計なことだっていうんだ。人のうちのことに、くちばし入れやがって」

「人のうちとは何だよ。ミヨちゃん、このうちの家族も同じだろ！」

貫太郎は絶句した。

「面子《メンツ》が何だっていうんだよ。ミヨちゃん、それでメシ食うっていうんなら、一回ぐらい手ついて謝ったって、おやじの貫禄《かんろく》が減るもんじゃないだろう」

「……」

「姉さん、ミヨちゃん呼んでこいよ。オレ、お父さんが謝るまでは、ここどかないからな」

ミヨ子は廊下に立っていた。事、ここに及んでは仕方がない、貫太郎はどっかと坐った。

「謝りゃいいんだな」

貫太郎が坐り直して、里子の前に両手をついた。ミヨ子が飛びこんだ。

「待って下さい」

ミヨ子は、貫太郎と里子の間に、パッと坐ると、

「旦那さん、頂きます！」

挨拶して、手にしたアンパンをパクつき始めた。目を白黒させて食べながら、言う。

「旦那さん、謝るのなんか止めて下さい！　あたし、旦那さんが謝るのなんて、見るの嫌で

す。旦那さんはやっぱり威張《いば》っているほうが似合ってます」

涙がポロポロこぼれた。

「お父さん……このアンパン、お父さんが買ってきたんですか」

「旦那さん、とっても――おいしいです！」

テレかくしに貫太郎は威張る。

「ヘソのあるアンパンてのは少ないんだぞ」

涙の塩気と、アンコの甘味に、桜の花びらの塩気がほどよくて、腸《はらわた》にしみるほどおいしい。

みんな目をうるませて、ムキになって食べるミヨ子を見ていた。周平が貫太郎の肩を叩いた。

「こういうことするから、おやじは嫌いだよ！」

「いいわねえ。今のお手伝いさんは、ハンストやったりお稽古《けいこ》ごとしたり出来てさ」

笑いかけるきんに、昼間のトゲはなかった。むせるミヨ子の背中を叩いてやりながら、里子が聞く。

「学校、お料理に決めて、いいんでしょう」

「あたし、いきません」

「ミヨちゃん……」

「このうちにいるほうが楽しいんです」

アンコがつかえたらしく、涙のたまった目を白黒させた。

柱時計が十時を打った。

足の爪を切りながら、貫太郎が家計簿をつける里子に聞いている。

「あの子はいくつだ、十八か」

「ミヨちゃんですか、十七でしょ」

「十七か」

パチンと切って――、

「お前な、十七の時に」

「え？」

「十七の時に、なに考えてた」

「そうねえ」

里子は、障子の、もっと向うの、遠くをみつめた。

「十七ねえ。そうだわ、女学校の校医さんが男の先生でねえ。このへんが……」

里子は着物の胸のあたりを押えた。

「こう……出っぱり始めてたでしょ。体格検査が嫌でねえ。あれ、たしか十七の時よ」

貫太郎はパチンパチンと爪を切っている。

「それと――戦争が終って、アメリカ映画がきたのよ。ディアナ・ダービンの『春の序曲』と、グリア・ガースンの何とかってのを見にいって――初めて接吻のシーン見たわ。どして鼻と鼻がぶつからないのかしらなんて……」

「馬鹿だな、お前は」

「あら、昔の十七なんて、そんなもんですよ」

フフフ、と忍び笑いがする。ミヨ子が廊下で聞いていたらしい。

「あら、ミヨちゃん」

「おやすみなさい！」

ゆきかけるミヨ子に貫太郎がどなった。

「おい、あしたからチャンとメシ食えよ！」

「ハイ。おやすみなさい！」

ミヨ子は、送ってきた卒業式の写真を、大切に抽斗《ひきだし》にしまった。それから、もう一度、大きい声で、誰にともなく「おやすみなさい！」とどなって、パチンと電気を消した。

「寺内貫太郎一家」について

小説『寺内貫太郎一家』は、１９７４年にＴＢＳ系列で放送された向田邦子脚本のホームドラマ「寺内貫太郎一家」を著者が小説にしたものです。

寺内貫太郎：小林亜星　石材店の通称「石貫」を営む寺内家の頑固親父。
寺内里子：加藤治子　一家を切り盛りする貫太郎の妻。
寺内静江：梶芽衣子　家業と家事を手伝う寺内家の長女。
寺内周平：西城秀樹　大学浪人中の寺内家の長男。
寺内きん：悠木千帆（現、樹木希林）　曲者の貫太郎の実母。
相馬ミヨ子：浅田美代子　寺内家の新米お手伝い。
倉島岩次郎：伴淳三郎　石貫に五十年勤めるベテランの石工。通称イワさん。
榊原為光：左とん平　イワさんの下で働く石貫の職人。通称タメ公。

所収・初出一覧

所収……薩摩揚／お八つの時間／チーコとグランデ／海苔巻の端っこ
『**新装版 父の詫び状**』文春文庫（２００５年）
ゆでたまご
『**男どき女どき**』新潮文庫（１９８５年）
七色とんがらし／お弁当／キャベツ猫
『**新装版 無名仮名人名簿**』文春文庫（２０１５年）
「う」／たっぷり派
『**新装版 霊長類ヒト科動物図鑑**』文春文庫（２０１４年）
骨／板前志願／「ままや」繁昌記／思いもうけて……／沖縄胃袋旅行
『**新装版 女の人差し指**』文春文庫（２０１１年）
味醂干し／幻のソース／重たさを愛す／チョンタ
『**新装版 眠る盃**』講談社文庫（２０１６年）
海苔と卵と朝めし／皮むき／麻布の卵／「食らわんか」／早いが取り柄手抜き風／イタリアの鳩／試食／小者の証明／楽しむ酒／ベルギーぼんやり旅行（抄）
『**新装版 夜中の薔薇**』講談社文庫（２０１６年）
蛍の光
『**寺内貫太郎一家**』新潮文庫（１９８３年）

初出……………………………

薩摩揚（わが人生の「薩摩揚」より改題）「銀座百点」1976年2月号
お八つの時間（お八つの交響楽より改題）「銀座百点」1976年6月号
ゆでたまご「あけぼの」1977年10月号
味醂干し「ミセス」1977年12月号
七色とんがらし「週刊文春」1979年10月11日号
お弁当「週刊文春」1980年5月1日号
海苔と卵と朝めし「週刊朝日」1980年8月15日号
骨「週刊文春」1981年8月6日号
板前志願「栄養と料理」1969年8月号
「ままや」繁昌記「ミセス」1978年11月号
皮むき「新潟日報」1979年9月17日
麻布の卵「食食食」1980年4月号
「食らわんか」「小説宝石」1980年6月号
早いが取り柄手抜き風「マダム」1981年10月号
思いもうけて……「マダム」1976年12月号
イタリアの鳩「四季の味」1977年冬号

幻のソース　「ミセス」１９７８年２月号
「う」　「週刊文春」１９８０年８月14日号
チーコとグランデ　「銀座百点」１９７６年12月号
海苔巻の端っこ　「銀座百点」１９７７年３月号
たっぷり派　「週刊文春」１９８１年１月22日号
重たさを愛す　「マダム」１９７８年11月号
キャベツ猫　「週刊文春」１９７９年７月19日号
試食　「新潟日報」１９７９年９月21日
小者の証明　「小説現代」１９８１年10月号
チョンタ（『チョンタ』より改題）　「銀座百点」１９７２年９月号
沖縄胃袋旅行　「旅」１９８１年７月号
楽しむ酒　「ボン・メルシャン」１９８１年９月号
ベルギーぼんやり旅行　「週刊朝日」１９８１年６月26日号〜７月10日号
蛍の光　『寺内貫太郎一家』サンケイ新聞社出版局　１９７５年４月

＊本書は、底本として『向田邦子全集 新版』文藝春秋（２００９〜２０１０年）を使用しました

編集部より

本書には、今日からみれば不適切と思われる表現がありますが、当時の時代背景を鑑み、そのままといたしました。

協力　向田和子
編集協力　杉田淳子

向田邦子（むこうだ くにこ）

1929年東京生まれ。実践女子専門学校国語科卒業。映画雑誌編集記者を経て放送作家となりラジオ・テレビで活躍。代表作に「七人の孫」「だいこんの花」「寺内貫太郎一家」「阿修羅のごとく」「隣りの女」など。1980年初めての短篇小説「花の名前」「かわうそ」「犬小屋」で第83回直木賞を受賞し作家生活に入る。1981年8月飛行機事故で急逝。著書に『父の詫び状』『眠る盃』『思い出トランプ』『無名仮名人名簿』『霊長類ヒト科動物図鑑』『あ・うん』など。

食いしん坊エッセイ傑作選

海苔と卵と朝めし

2018年12月30日　初版発行
2019年3月10日　3刷発行

著者　向田邦子
装画　吉田篤弘
発行者　小野寺優
発行所　株式会社河出書房新社
〒151-0051 東京都渋谷区千駄ヶ谷2-32-2
03-3404-1201（営業）
03-3404-8611（編集）
http://www.kawade.co.jp/

組版　株式会社キャップス
印刷　株式会社暁印刷
製本　加藤製本株式会社

ISBN978-4-309-02765-4
Printed in Japan

河出書房新社・向田邦子の本

文藝別冊　向田邦子　脚本家と作家の間で

没後三十二年、今なお輝く向田邦子の作家、脚本家としての魅力に迫る一冊。
オマージュ・太田光、角田光代、小池真理子、エッセイ・久世光彦、黒柳徹子他。
発掘・幻の高校生向け指南エッセイや対談など収録。

お茶をどうぞ　対談　向田邦子と16人

対談の名手と言われた向田邦子が、黒柳徹子、森繁久彌、阿久悠、池田理代子、橋田壽賀子、山田太一、倉本聰など豪華ゲスト16人と語り合った傑作対談集。

テレビと小説、おしゃれと食いしん坊、男の品定め。